한낮의
시선

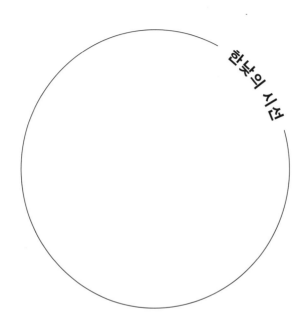

한낮의 시선

이승우
장편소설

자음과모음

차례

1

"사람들은 살기 위해서 이 도시로 모여든다. 하지만 내게는 도리어 죽기 위해 모인다는 생각이 든다." 말테는 수기의 첫 문장을 이렇게 시작한다. 가난하고 병약하고 외돌토리인 데다가 과거에 대한 기억에 유난히 민감한 이 젊은이는 도착한 지 3주밖에 되지 않은 낯선 도시의 공기에서 불안과 죽음의 냄새를 맡는다. 사람들이 죽기 위해 모이는 것처럼 보이는 도시가 파리라는 건, 100년 전의 기록이라고 해도, 혹은 그렇기 때문에 더욱, 공감하기가 쉽지 않다. 산책자를 만든 것은 파리라고 한 사람도 있지 않은가. 산책하기 좋다는 건 살만한 도시라는 뜻이 아니겠는가. 릴케는 순례자들이 죽음을 맞기 위해 찾아오는 바라나시에 대해 들은 적이 없을까. 파리가 아니라 그곳이야말로 죽기 위해 찾는 곳이다. 시쳇말로 새들은 페루에 가서 죽고, 사람들은 갠지스에 가서 죽는다.

로맹 가리는 엄청난 수의 새 떼들이 페루의 해변에 날아와 죽는 현상을 미스터리로 간주했다. "피가 식기 시작해 이곳으로 날아올 힘밖에 남아 있지 않은 새들이 페루 해변으로 날아가 몸을 던진다"고 함으로써, 그는 은연중에 페루 해변을 갠지스강과 동일시했다. 마치 새들에게 성지에 대한 동경이 있기라도 한 것처럼. 그 소설이 발표되고 40년쯤 지난 후에(『새들은 페루에 가서 죽다』는 1962년에 발표되었다) 한국의 한 작가가 로맹 가리의 기상학적 무지를 지적하는 글을 썼다. 바닷물이 따뜻해지는 엘니뇨현상을 알지 못해서 로맹 가리가 그렇게 글을 썼다고 통박한 사람은 바다의 작가 한승원이다. 그의 설명에 의하면, 새들이 페루에 와서 죽은 것은 그곳이 새들의 성지, 새들의 바라나시여서가 아니다. 그저 엘니뇨현상으로 인해 플랑크톤이 발생하지 않았던 것뿐이다. 그 때문에 해마다 그 무렵이면 모여

들던 멸치 떼들이 오지 않아서 새 떼들이 굶어 죽은 것이다. 새들은 죽기 위해서가 아니라 살기 위해서(멸치를 먹기 위해서) 페루 해안으로 날아왔다. 그러나 그곳에는 멸치가 없었고, 그래서 살 수 없었고, 어쩔 수 없이 굶어 죽었다.

말테가 로맹 가리에 대한 한승원의 반박을 알았다면 (그러나 그럴 수는 없는 일이다. 말테를 분신으로 내세운 라이너 마리아 릴케는 1926년에 죽었다. 한승원은 1939년에 태어났다. 이미 죽은 자가 아직 태어나지 않은 자를 어떻게 알겠는가) 그 수기의 첫 문장을 다르게 썼을지 모른다. 가령, 사람들은 살기 위해서 이 도시로 모여들지만 어떠어떠한 기상학적, 혹은 사회적 이유들 때문에 결국 살 수가 없어서 죽는다, 라는 식으로.

그러나, 그렇다고 해도, 그는 결코 그 책의 첫 문장을 바꾸지 않을 것이다, 라고 나는 생각했다. 말테는 도시의 풍경을 그리고 있는 것이 아니라 자기의 내면을 도시에 투영하고 있기 때문이다. 우리가 그 책에서 보고 이해할 수 있는 것은 도시의 외부가 아니라 그의 내부이다. 당신이 우울할 때 세상은 빛을 잃는다. 당신 내부의 우울이 세상 외부의 빛을 삼켜버리기 때문이다. 이 경우에 내부의 우울은 비유하자면 흑백 복사기와 같다. 어떤 화려한 색, 어떤 밝은 정조의 그림도 흑백 복사기를 통과하면 고유의 색과 정조를 잃고 우중충해진다. 말테는 그 도시의 풍경이나 거리의 행인들을 그 자신의 흑백 복사기로 통과시켜서 본다. 어떤 경우에도 말테가 첫 문장을 바꾸지 않을 거라는 말은 그런 뜻이다. 기상학은 그의 관심을 끌지 못한다. 그런 점에서라면 말테는 확실히 한승원이 아니라 로맹 가리의 편이다.

나는 휴전선에서 가까운 인구 3만의 작은 도시인 이곳에 한밤중에 도착했다. 내가 탄 버스는 막차였다. 하루 동안 여러 차례 같은 길을 오가며 사람들을 실어 날랐을 버스는 지친 낙타처럼 보였고, 운전기사는 낙타 등의 혹처럼 보였다. 차체는 열이 올라 뜨뜻했고, 환기가 제대로 되지 않은 차내의 공기는 정체를 알 수 없는 가지가지 종류의 냄새가 뒤섞여 미묘하게 역겨운 악취를 풍겼다. 승객은 나를 포함해서 모두 여섯 명이었는데, 그중 네 명이 군인이었다. 계급은 각기 달랐지만 휴가를 마치고 부대로 돌아가는 듯한 그들의 표정은 하나같이 무거웠다. 상병 계급장의 군인은 차에 오르자마자 의자를 뒤로 젖힌 채 눈을 감았고, 이등병 계급장의 군인은 부스럭 소리를 내며 빵 봉지를 뜯었다. 나머지 두 명은 줄곧 창밖 어둠을 응시했다. 어둠 속에서 그들이 보고 있는 것이 무엇인지 궁금했다. 무엇인가를 보기는 하는 것일까. 어둠 속에 볼만한 무언가가 있다는 사실을 나는 의심하지 않는다. 어둠은 늘 자기 속에 무엇인가를 담고 있었다. 어둠이 어두운 것은 그 안에 담고 있는 무엇을 보호하기 위해서라고 나는 생각했다. 그러나 그들의 눈은 무엇인가를 보기 위해 열려 있는 것 같지 않았다. 군인들이 지어 보이는 침울하고 완고한 표정은 그들과 같은 목적지를 향하고 있는 나에게 모종의 불안을 불러일으켰다. 불러일으키다니! 나는 무의식중에 불러낸 하나의 단어에 움찔했다. '불러일으켰다'고 하는 것은 그것이 내 안에 웅크리고 있었음을 시사한다. 불러내진 것들은 불러내질 때까지 누군가 불러주기를 기다리고 있다. 기다리고 있기 때문에 아주 작은 부름에도 즉각 반응하는 것이다. 심지어 불안은 누군가 불러주지 않을까 봐 불안해하고 있다고 말할 수도 있다. 나는 불안을 억제할 양으로 서둘러 건너편 자리의 군인에게 큰 소리로 물었다. "얼마나 걸립니까?" 창 쪽으로 고개를 돌리고 앉은 군인은 대꾸하지 않았다. 나는 한 번 더 물어볼까 하다가 머쓱해서 그만두었다. 볕에 그을어 검어진 얼굴의 남자가 뒤쪽에서 한 시간 반이면 도착할 거요, 하고 대신 말했다. 사실 나는 도착 시간을 알고 있었다. 출발하기 전에 인터넷을 통해 알아본 바에 의하면 두 시간 십 분, 많이 걸려도 두 시간 삼십 분이었다. 배차 간격은 한 시간 삼십 분. 한 대를 놓치면 한 시간 삼십 분을 기다려야 한다. 그리고 여덟시 삼십분이 마지막 버스 출발 시간이었다. 그 밖에 그 지역의 특산물과 관광지 등 몇 가지 정보를 더 읽었지만, 민통선이 가깝고 인근에 군부대가 많으며 북에서 파 내려온 땅굴 한 개가 멀지 않은 곳에 있다는 내용만 기억났다.

버스 안에는 불안정한 침묵이 감돌았다. 지친 낙타의 신음 같은 엔진 소리만 침묵의 표면을 휘저었다. 오르막길을 오를 때 버스가 내뿜는 배기가스가 간혹 차 내로 들어왔다. 공기 속에 이미 가득 차 있는 악취에 스며든, 연소가 덜 된 일산화탄소와 질소가 속을 뒤집어 메슥거리게 했다. 먹은 것이 없다고는 해도 차멀미를 하게 될 줄은 몰랐다. 식도를 타고 올라오는 신물을 삼키며 어질어질한 머리를 손가락으로 누르는데, 무슨 불길한 조짐처럼 『말테의 수기』의 첫 문장이 떠올랐다. 도대체 나는 그곳에 살려고 가는 것일까, 죽으려고 가는 것일까.

2

요양을 위해 이곳에 왔다, 라고 하면 나는 얼마만큼
진실을 말한 것일까. 아니, 그 진실은 어느 층위의 진
실이고 누구에게 통할 수 있는 진실일까. 적어도 내 자
신에게는 아니다. 그리고 물론 내 어머니에게도 아니
다. 그럼에도 불구하고 나는 그곳에 왜 가려고 하느냐
는 P의 질문에 요양하러 간다고 대답했고, 그러면서 가
책 같은 것도 느끼지 않았다. 그러니까 그 대답은 P에
게는 통할 수 있는 진실이었던 것이다. 거짓이 아닌 상
태라는 소극적인 범주 안에서 그것은 진실이다. 거짓이
아닌 상태를 가리키는 진실이라는, 표면적 층위의, 매
우 의식적인 진실이다.

P는 내가 결핵 환자라는 걸 받아들이려고 하지 않았다. 의사가 엑스레이 사진을 가리키며 다리는 한쪽을 잘라내고 살 수 있지만 폐는 안 그래요, 하며 은근히 겁을 주더라고 하는데도 설마, 요즘 같은 세상에, 설마, 하며 못 믿겠다는 듯 고개를 흔들었다. 요양이란 생각조차 하지 않았을 것이다. 그러나 나는 그녀가 생각도 하지 않았을 요양에 대해 말함으로써 그녀가 받아들이려고 하지 않았던 결핵을 받아들이게 했다. 뜻하지 않은 성과에 나는 만족했다. "거기서 왜 거기로 옮겨?" 전화선 너머에서 P는 약간은 뾰로통하게, 그러나 어쩔 수 없이 납득한다는 듯 현저하게 가라앉은 목소리로 한마디 했다. 앞의 거기는 어머니가 마련해준 원룸이 있는 서울 근교인 천내를 가리키고, 뒤의 거기는 이제 막 도착한 이곳을 가리킨다. 그녀는 별 뜻 없이 내뱉었는지 모르지만, 은연중에 꽤 중요한 질문을 던진 셈이다. 왜냐하면 앞의 거기야말로 요양하러 들어간 곳이었으니까. 그러나 나는 요양하러 가는 거라니까, 하고 덧붙임으로써 그녀의 의미 있는 질문을 의미 없게 만들어버렸다. 다행히 그녀는 더 이상 그 의문에 집

착하지 않았다.

어머니에게는 그런 식으로 말하지 못한다. 통하지 않을 거라는 걸 알기 때문이다. 어머니는 거기서 왜 거기로 옮겨? 하고 묻지도 않는다. 왜냐하면 내가 '거기서 거기로' 옮긴다는 말조차 하지 않기 때문이다. 그것을 어머니에게 말할 수 없다는 것이야말로 심층의 진실이다.

몇 주 동안 기침을 달고 다니다가 어머니의 성화에 못 이겨 찾아간 병원에서 결핵 보균자라는 진단을 받았을 때, 놀란 것은 내가 아니라 어머니였다. 나는 놀랐다기보다 좀 어이없어했다. 내 반응은 P가 보였던 것과 다르지 않았다. 21세기에도 결핵균이 아직 있단 말인가. 나는 마치 오래전에 지구상에서 멸종된 생물의 한 종을 화석으로 본 것처럼 뜨악한 기분이었다. 그 화석이 내 몸에 들어 있다는 것이 아닌가. 진료실의 흰 벽에 걸린, 형광등을 통해 드러난 엑스레이 필름 속의 내 폐는 정말로 오랜 세월 땅속에 묻혀 있다가 발굴된 무슨 동물의 뼈나 발자국처럼 고고학적인 분위기를 풍겼다.

아마 나는 뜻 없이 피식 웃었을 것이다. 왜 웃어요? 하는 듯한 눈빛으로 내과의사가 나를 힐끗 쳐다보았다. 진지하지 않은 환자가 못마땅했을까. 그는 안경을 벗어 손에 들고 말했다. "다리나 팔은 하나 떼어내고도 살수 있어요. 그렇지만 폐는 안 그래요." 의사가 환자에게 신중한 태도를 요청하고 있다는 걸 누구라도 알아차릴수 있는 상황이었다. 전문가의 권위를 앞세워 겁을 먹게 하려는 의도도 얼마간 내포되어 있는 듯했다. 그러나 정작 겁을 먹은 사람은 어머니였다. 어머니에게 결핵은 아주 무서운 병이었다. "세상에. 내 아들이 폐결핵에 걸리다니. 뭣 때문이라니. 뭣 땜에 결핵 같은 것이 우리 아들을…… 공부가 너무 힘든 것 아니냐. 스트레스가 만병의 근원이라는데……" 병이 날 만큼 스트레스를 받아가며 공부해본 적 없는 스물아홉 살짜리 대학원생은 무안해서 얼굴을 붉혀야 했다.

사람들의 눈을 의식하는 나이가 되면 아들들은 일반적으로 과도하게 표현되는 어머니의 모성애를 부담스러워한다. 일방적이고 무조건적인 어머니의 사랑이 세상으로부터 오는 모든 도전과 공격을 완벽하게 차단해

주지는 않는다는 것을 인식하는 시점에 이 현상이 생긴다. 그렇지만 어머니와 단둘이 있는 자리에서까지 그러는 것은 아니다. 단둘이 있을 때 그다지 모성애적 표현을 부담스러워하지 않는 것으로 보아 아들들이 부담스러워하는 것은 모성애 자체가 아니라 사람들의 시선이라고 하는 편이 진실에 가까울지 모르겠다. 그러니까 이 시기의 아들들은 대개 어머니가 모성애(가 아니라)적 표현을, 특히 다른 사람들 앞에서, 조금 자제해주었으면 하고 속으로 바라게 된다. 이 바람이 잘 이루어지지 않는 것은 감정의 표현이, 사랑의 표현은 말할 것도 없고, 일종의 습관이기 때문이다. 십수 년간 몸에 밴 습관을 갑자기 바꾼다는 것은 보통 어려운 일이 아니다. 나는 내 어머니에게 그런 걸 기대할 수 없다는 걸 일찌감치 알아차렸지만 그런 경우에 찾아오는 무안함과 부담감은 좀처럼 사라지지 않았다.

의사는 어머니의 참견에 불쾌감을 드러내는 대신 낯선 광경과 마주쳤을 때의 의아스러운 표정을 지어 보였다. 그러나 그것은 아주 잠깐이었다. 그는 이내 무시하는 편이 낫다고 판단한 듯, 의자를 끌어다 진료카드에 무슨 글자인가를 쓰면서 웅얼거리는 목소리로 말했다. "꾸준한 투약과 섭생, 그리고 요양이 관건이에요. 잘 먹고 푹 쉬세요. 햇볕 많이 쬐고요. 얼마간 수건, 식기 같은 건 따로 쓰세요. 약 먹는 거, 절대로 빼먹으면 안 됩니다." 어머니는 얼마나 심한 상태인지, 이런 게 우리 아들에게 왜 걸린 건지, 음식은 무얼 먹어야 하고 무얼 먹으면 안 되는지, 지금 공부하는 학생인데 학교를 쉬어야 하는지, 두서없이 물었다. 의사는 어머니의 질문이 끝나기를 기다렸다가 약 먹고 잘 쉬라는 말만 되풀이했다. 진료실을 나오면서 나는 의사가 유별나다고 생각하는 대상이 아들을 지나치게 염려하는 어머니가 아니라 보호자와 함께 병원에 온 스물아홉 살짜리 대학원생이라는 걸 알아차렸다. 저 여자는 그럴 수 있어. 어미니까. 어미들은 그러잖아. 그러지 않고는 못 배기는 종자들이잖아. 아마 틀림없이 외아들일 거야. 외아들의 어미는 그렇다 쳐. 한데 저 젊은 애는 뭐야? 약도 대신 먹어달라고 하겠군. 그의 목소리가 들리는 듯했다.

물론 약을 대신 먹어달라고 하지는 않는다. 그렇게 해도 된다고 하면, 어머니는 약을 대신 먹어주겠다고 덤빌 게 분명하지만 나는 아니다. 하긴 이제까지 어머니의 그런 표현들이 거의 모두 받아들여진 것은 부정할 수 없는 사실이다. 나는 적극적으로 원하지 않았지만 적극적으로 거부하지도 않음으로써 어머니를 만족시켰다. 적극적으로 거부하지 않은 것은 소극적으로 욕망한 것일까. 꼭 그렇다고 생각하지는 않지만, 꼭 그렇지 않은 것 같지도 않다. 이 경우에도 적극적으로 그렇다고 생각하지 않는 것은 소극적으로 그렇다고 생각하는 것과 같은 뜻이 될까. 적극적으로 예, 하거나 적극적으로 아니요, 하는 데 능숙한 사람이 있지만, 그렇지 않은 사람도 있다. 가령 나의 어머니는 적극적인 예나 적극적인 아니요가 꽤 능숙한 편이지만, 나는 그렇지 않다. 상이한 두 성격이 마주할 때 예견되는 결과는 한 가지이다. 적극적이지 않은 사람의 의사는, 단지 의사 표명을 하지 않았을 뿐이지만, 실은 그 때문에, 결과적으로, 적극적인 예나 적극적인 아니요를 가진 사람의 의사 속으로 수렴된다는 현실을 모른 척할 수 없다. 적극적으로 거부하지 않은 것은 소극적으로 인정한 것과 같고, 그것은 그가 어떤 식으로든 자기에게 이익이 된다는 현실적인 고려를, 무의식중에라도, 하기 때문이라는 지적은 모든 인간이 본질적으로 이기적이어서, 희생이나 헌신적 행위를 포함하여, 어떤 경우든 항상 자기에게 유리한 결정을 내리는 동물이라는 생물학적 견해에 비추어 그럴듯하지만, 그러나 여기에는 어떤 유리함이고 어떤 이익인지를 따지지 않을 때 일반화의 오류에 빠질 위험도 있다.

적극적인 사랑 표현의 무의식적 동기가 일종의 죄책감, 조금 순화해서 마음의 부채라는 사실은 잘 알려진 명제이다. 모성애의 경우 이 논리는 의심의 여지가 없다. 그럴 때 어머니의 적극적인 표현에 대한 아들의 적극적인 거부는 어머니의 죄책감, 혹은 마음의 부채를 한층 증폭시키게 될 거라는 추측을 할 수 있다. 어떤 아들은 어머니의 적극적인 사랑 표현을 용납함으로써 어머니를 돕는다는 생각을 한다. 혹은 어머니를 돕기 위해 용납한다. 그런데 어떤 죄책감이나 어떤 마음의 부채? 아들은 어렴풋이 짐작할 뿐 그것의 실체를 확실하게 알지 못하고, 차마 묻지도 못한다. 물음으로써 혹시 어머니의 그것을 강화시킬까 봐 저어하는 것이다. 많은 경우 죄책감과 마음의 부채가 어떤 행위에 따른 것이 아니라 다만 관계, 더 그럴듯하게는 포지션과 관련되어 있다는 사실을 아들들은 눈치채지 못하거나 눈치채지 못하는 척한다. 그녀들은 무슨 일을 했거나 하지 않았기 때문이 아니라 다만 어머니라는 자리에 있기 때문에 죄책감을 느끼는 것이다. 그 자리는 그런 자리이다. 그녀는 자식들을 사랑하는 것이 자기에게 주어진 유일한 역할인 것처럼 사랑하고 자기가 느끼는 마음의 부채가 이 생에서의 운명인 것처럼 순종한다. 어머니가 받아들인 그와 같은 역할과 운명을 인정하고 받아들이는 것이 또 자식들의 역할이고 운명이기도 하다. 눈치를 채지 못하는 것이 좋지만 못한 척하는 것도 나쁘진 않다. 대부분의 자식들이 그렇겠지만 나는 아들로서의 나의 역할과 운명을 의식해서 인위적으로 행동하지 않았다. 어머니가 그런 것처럼 아들도 은연중에 자연스럽게 자신의 포지션에 주어진 역할과 운명을 받아들이는 것 같다. 어쩌면 그것이 포지션에 부과된 역할과 운명을 받아들이는 유일한 방식인지 모르겠다. 그러니까 어머니가 약을 먹어주는 대신 요양을 위한 거처를 마련해주겠다고 했을 때, 그리고 꼭 그렇게까지 할 필요는 없다고 생각하면서도 아들인 내가 어머니가 하는 대로 따랐을 때, 거기에는 역할과 운명에 대한 자각이 거의 반사적으로 작용하고 있었던 셈이다.

어머니가 마련해준 거처는 서울 근교에 있었다. 어머니가 보유하고 있는 여러 채의 집 가운데 하나였으니 따로 마련했다고 할 수는 없다. 최근에 주택임대업자라는 직업이 생기기 전까지 어머니는 오랫동안 공식적으로는 무직이었다. 집을 사서 임대를 주고, 값이 오르면 팔고 하면서 그녀는 이십 몇 년을 살았다. 그 일이 만만한 것은 아니다. 정보 수집과 수집한 정보에 대한 분석 능력이 필요하고 사람을 구슬리는 수완에 자금 동원력도 갖춰야 한다. 거기에 시간을 내서 발품을 파는 부지런함과 얼마간의 운이 뒤따르지 않으면 안 된다. 부동산 중개소에서의 단 몇 달간의 경험을 밑천으로 그 험한 바닥에 직접 뛰어들어 큰손이 된 어머니를 그 분야에서는 입지전적 인물로 생각하는 눈치였다.

어머니가 짐을 싸서 들여보낸 곳은 천내. 골프장으로 가는 길목의 숲속에 들어앉은 다섯 동의 전원주택 가운데 한 집이었다. 창문을 열면 평지를 가로질러 강을 향해 느릿느릿 기어가는 개천이 눈에 들어오고 주변에 빽빽하게 들어찬 잣나무들이 뿜어내는 냄새가 콧속으로 스며들었다. "여기가 서울 근교에서는 공기가 제일 좋다. 아까 봤지? 서울에서 오십 분 걸린다. 답답할 때 서울 나오기도 좋을 거다. 여기서 아무 생각 말고 푹 쉬어라. 쉬는 게 최고라지 않더냐. 책도 보지 말고. 내가 이틀에 한 번씩은 올 수 있을 거다. 못 오면 일하는 아줌마 보내마." 첫날 집 안 청소를 하고 음식을 만들면서 어머니가 말했다. 내가 무슨 말기 암 환자라도 된 것 같잖아요, 하고 한마디 했지만, 어머니는 대꾸하지 않고 부엌에서 음식을 만들었다. 의사가 잘 쉴 뿐 아니라 잘 먹어야 한다고 했다며 종류별로 고기를 잔뜩 사 와서는 냉동실에 넣어놓고 닭볶음 요리를 했다. 떠나기 전에는 난방을 어떻게 하고 샤워를 할 때는 어떻게 해야 하는지, 외출할 때는 문단속을 어떻게 해야 하는지 장황하게 설명한 다음 약 챙겨 먹는 걸 잊지 말라고 신신당부했다.

　서울로 돌아가고 나서도 때가 되면 전화를 걸어 밥을 먹었느냐, 약을 먹었느냐 물어 왔다. 아침식사 전에 복용해야 하는 약은 한 움큼이어서 여러 차례 나누어서 먹어야 했다. 혀나 입천장에 달라붙은 아이나와 리팜피신과 피라지나마이드와 에탐부톨을 완전히 입 속으로 들여보내기 위해서는 두 컵의 물이 필요했다. 그렇지만 그것들은 몸에 좋다고 주문해서 가져다둔 개소주를 먹는 일의 곤혹스러움에 비하면 아무것도 아니었다. 큰 개를 통째로 한약재와 함께 고아냈다는 그 검은 빛깔의 진득한 액즙은 쓰고 역한 냄새까지 나서 비위가 상했다. 코를 막고 순식간에 털어 넣은 다음 재빨리 사탕을 빨았지만 역한 냄새는 입 안에 오래 남았다. 무엇보다 괴로운 것은 그걸 마실 때가 돌아오면 미리 알고 어김없이 찾아오는 고약한 기분이었다. 실제 고문을 받는 것보다 고문에 대해 상상하는 것이 더 고통스럽다는 말을 나는 그때 이해했다. 냄새는 입 안이 아니라 머릿속에서 났다. 액즙이 입 안의 미각기관들에 닿기도 전에 뇌가 먼저 맛을 보고 질겁했다. 속이 미식거리고 토할 것 같아졌다. 어느 순간부터 나는 그걸 마시는 대신 1회 분량씩 하수구에 흘려 보냈다. 어머니에게 먹지 않겠다고 해서 될 일이 아니라는 걸 알고 있었기 때문이다. 몸에 좋은 비싼 것을 어머니는 억지로라도 먹일 것이다. 말하자면 그런 식으로 우리는 자신이 맡은 역할을 비교적 충실히 감당하는 것이다.

3

전원주택에서의 나날들은 의외로 만족스러웠다. 거의 대부분의 시간을 나는 방 안에서 책을 읽으며 보냈다. 어머니는 시골에서 답답하지 않겠느냐고, 가끔 서울로 나와 친구를 만나라고 했지만 괜한 걱정이었다. 친구는 물론 P도 별로 보고 싶지 않았다. 나는 거실과 방 안을 오가며 시간을 이리저리 굴렸다. 책을 들고 반듯이 누웠다가 옆으로 비스듬히 몸을 바꾸고 얼마만큼 지나 반 바퀴 돌려 앉았다가 다시 눕고 옆으로 굴리고 하다 보면 온 방을 다 돌아다니는 격이 되곤 했다. 책을 읽다 졸음이 찾아오는 기미가 보이면 저항하지 않고 잠을 잤다. 가끔씩 산책을 했다. 잣나무 숲에서 나는 향은 그윽하고 아늑했다. 바람은 자연을 쓰다듬는 큰 손처럼 나무와 풀들을 어루만지고 새들은 각각의 독특한 음색으로 노래했다. 해가 뜨기 전에 노래하는 새와 해가 지고 난 후 노래하는 새가 달랐다. 해 질 녘 산길에서 풀을 다치지 않게 하겠다는 듯 폴짝거리며 뛰어가는 잿빛의 토끼를 보았다. 나는 녀석이 놀라 도망가지 않도록 몸을 낮추고 가만히 있었다. 겁 많은 산토끼는 귀를 쫑긋 세우고 덩치 큰 낯선 생명체를 경계했다. 그러다가 어느 순간 잣나무 숲으로 재빠르게 몸을 숨겨버렸다.

가끔은 숲속으로 조금 깊이 몸을 밀어 넣기도 했다. 산을 덮고 있는 나무와 풀에서 뿜어져 나온 향에 의해 몸은 한없이 가벼워지고, 가벼워진 몸은 공중으로 부양하고자 했다. 숲에 들어가 있을 때 나는 우리 몸속의 모든 기관들이 하나로 연결되어 있다고 느꼈다. 숲의 기운을 오래 받으면, 아닌 게 아니라 축지법이나 부양술을 어렵지 않게 할 수 있을 것 같은 생각이 들기도 했다.

어머니는 처음의 약속과는 달리 자주 오지 않았다. 바쁘기 때문이기도 하고, 내가 자주 올 필요가 없다고 말했기 때문이기도 하다. 그렇게 말했다고 해도 내 말을 들을 사람이 아니라는 점을 감안하면 아무래도 바쁘기 때문이라는 쪽이 사실에 가까울 것 같긴 하다. 처음엔 밥하고 청소하는 아주머니가 매일 왔지만, 사흘째 되는 날부터 사흘에 한 번씩만 왔다. 취사든 청소든 그것으로 충분했다. 며칠씩 청소를 하지 않아도 먼지가 앉지 않으니 매일 쓸고 닦을 이유가 없었고, 한 사람분의 식사를 매일 장만할 필요도 없었다.

P에게서는 자주 전화가 걸려 왔다. 그녀는 내가 있는 곳에 찾아오고 싶어 했지만, 나는 결핵의 전염성을 내세워 오지 못하게 했다. "당분간은 접촉하지 않는 게 좋아. 그래서 여기 와 있는 거잖아. 격리되어 있는 거라고. 내가 뭐 놀러 온 줄 알아?" 그렇게 말할 때 나는 조금 가책을 느꼈다. 동기가 어떻든 나는 그곳에서, 설명할 수는 없지만 일종의 안락감을 느끼고 있었고, 전염성이 있다는 게 사실이므로 거짓말을 한 건 아니라고 해도, 그녀가 나타나서 내가 느끼고 있는, 거의 처음 느껴보는, 설명할 수 없는 종류의 안락감을 망칠까 봐 우려하는 마음을 더 품고 있었다. 심지어 결핵이 전염병

이라는 게 다행이라는 생각까지 했었던 것 같다. 꼭 그녀에게 지쳤거나 더 이상 만나고 싶지 않아서 그런 건 아니었다. 나는 처음으로 자연 가운데 혼자 있었다. 그때까지 사람들에게 둘러싸이지 않고 온전하게 혼자 있어본 적이 없었다. 그 숲에 들어오기 전에는 혼자 있어본 적이 없다는 사실조차 인식하지 못했다. 그랬으니까 혼자 있어야 한다는 필요를 느끼지 못한 것은 너무 당연한 일이었다. 정작 필요할 때는 필요한 줄 모르니까 원하지 않고, 어찌어찌하여 원치 않았던 필요가 충족되었을 때에야 비로소 그것이 필요했다는 사실을 깨닫는다. 우리는 우리가 정말로 원하는 것이 무엇인지 알지 못한 채 산다. 모순이 아닐 수 없다. 사람의 인식이라는 게 대개 이런 식이다. 가령 애인이 곁에 있을 때는 몰랐던 필요를 애인이 떠난 다음에 깨닫게 되는 경우도 있다. 잠을 잘 때 몰랐던 것을 잠을 자지 못하게 되었을 때 알게 되기도 한다. 청춘일 때 몰랐던 것을 더 이상 청춘이 아니게 되었을 때 알게 되기도 한다. 모순이지만 필요를 느끼지 못하면서 원할 수는 없는 일이다. 그러니까 어쩔 수 없다고 말할 수밖에. 어쨌거나 정적과 고요 속에서 나는 아마도 처음으로 내 안으로 침잠해 들어갔고, 아마도 처음으로 설명할 수 없는 안락감 속에 빠져 지냈다. 그것은 나로서는 퍽 이색적인 경험이었다.

하지만 그 시간은 그렇게 길지 않았다. 어느 날 나의 집 문을 두드린 사람이 있었다. 똑같은 모양의 다섯 채 주택 가운데 한 집에 사는 남자였다. 그는 늘 비어 있던 집에 요 며칠 불이 켜져 있는 걸 보고 누군가 이사 온 걸 알았다며 두루마리 휴지를 내밀었다. 적극적으로 권하지 않았는데도 그가 현관 안으로 들어왔기 때문에 나는 커피를 끓여 냈다. 이사 온 걸 반긴다고 휴지까지 사 들고 찾아온 이웃을 그냥 내치는 것도 경우가 아니긴 했다.

그는 정년퇴직한 국립대학 교수였다. 전공은 심리학이었고, 아내와 둘이 산다고 했다. 퇴직한 후 바로 이곳으로 왔다고 했다. 아내가 몸이 좋지 않아 거동이 불편하다는 말도 했다. 병든 아내를 돌보며 죽음을 준비하고 있다는 것이었다. 그런 식으로 자기소개를 하고 나서 그는 젊은이 혼자 어떻게 이런 곳에 와 있느냐고 물었다. 이런 곳에 들어와 살기 위해서는 나이가 웬만큼 들어야 한다는 것처럼 들을 수도 있는 말이었지만 나는 개의치 않았다. 내 이야기를 들었으니 이제 네 이야기를 해보라는 그의 주문은 익숙한 관행과 같아서 불편하지 않았다. 우리는 상대방이 자기 이야기를 할 거라는 확신이 서지 않는 한 내 이야기를 스스럼없이 꺼내지 않는다. 어떤 경우에는 내가 듣기를 원하는 상대방의 이야기를 끄집어내기 위해서 상대방이 듣고 싶어하지 않는 내 이야기를 먼저 하기도 한다. 대부분의 인간사가 그런 것처럼 대화의 과정에도 거래의 법칙이 지배한다. 나는 대학원생인데 몸이 좀 좋지 않아서 휴학을 했으며, 이 집은 어머니 소유라고 대답했다. 버려진 것이나 다름없었던 이곳 땅을 사서 전원주택을 짓고 분양한 사람이 어머니라는 말도 했다. 은퇴한 교수는 고개를 끄덕였는데 무슨 뜻인지 헤아리기가 어려웠고 사실 궁금하지도 않았다.

조금 후에 그가 마치 정해진 순서인 것처럼 아버님은? 하고 물었다. 물론 정해진 순서는 없었다. 나는 없습니다, 하고 얼른 대답했다. 거기서 대화는 다른 쪽으로 흘러가야 했다. 대개 그랬다. 아버지가 없다고 하면 상대는 더 이상 아버지에 대해 묻지 않았다. 사실 그럴 필요는 없는데도 어떤 사람은 그런 화제를 꺼낸 데 대해 미안해하기도 했다. 어쨌든 대화는 진전되지 않기 마련이었다. 그러면 모든 것이 순조롭게 흘러갔다. 그런데 은퇴한 심리학 교수는 달랐다. "언제 돌아가셨나?" 그는 아버지가 돌아가신 것을 기정사실로 받아들이고 언제냐고 물었다. 나는 없다고 했지 돌아가셨다고 하지는 않았다고 웃으면서 반박했다. 없으면 돌아가신 거지, 하며 노교수는 내 눈을 똑바로 쳐다보았다. 나는 지지 않고 부모가 이혼을 했을 수도 있는 거 아니냐고 말했다. 그는 그건 없는 게 아니지, 하고 대꾸했다. 순조롭게 흘러가긴 틀렸다는 예감이 들었다. 지금 없는 거는 마찬가지 아니냐는 말을 불쑥 꺼내놓고 나서 나는 곧바로 돌아올 반론을 예상했다. 예상한 대로 반론이 돌아왔다. "없는 건 존재하지 않는 건데, 가까이 있든 멀리 있든 있는 것을 존재하지 않는다고 말하는 건 이치에 맞지 않지. 거리나 관계나 마찬가지지만, 가까이 있는 것은 있는 것이고, 멀리 있는 것도 있는 것이지. 더구나 누구도 부정할 수 없고, 어떤 경우에도 부정되지 않는 것이 있는데 아버지야말로 그런 존재지. 죽기 전에는 없어질 수 없다는 뜻이야. 어떤 경우에는 죽어서도, 죽은 채로 있는 게 아버지지."

노교수의 논리는 그럴듯했지만 없는 아버지에 대해 말할 때의 내 심정을 충분히 이해한 것 같지는 않았다. 하긴 논리와 심정은 상이한 정신 작용이긴 하다. 있든 없든 상관없다는 말을 해야 했을까. 그편이 내 심정을 조금 더 잘 드러낼 것 같긴 했다. 그렇지만 그것도 아주 만족스럽지는 않았다. 아버지가 없다는 것이 아니라 아버지에 대한 관념이 없다고 했어야 한다는 생각이 들었으므로 나는 약간 뜸을 들였다가 변명처럼 그 말을 했다. 그는 딱하다는 눈빛으로 바라보더니 관념이 아니라 관심이겠지, 하고 되받았다. 그렇다면 그 아버지는 죽은 것이 아니라, 죽임을 당한 거네, 젊은이의 의식 속에서 말이야, 라는 말을 덧붙이기까지 했다. 나는 순간 당황했고, 노인이 엉뚱한 샛길로 끌고 가고 있다는 사실을 깨달았고, 바보처럼 고삐를 맡긴 채 그 길로 끌려가고 있다는 사실을 깨달았고, 왜 그러는지 이해할 수 없었고, 노인이 뭣 때문에 이렇게 공격적이지, 의심스러웠고, 그러나 그 순간에는 그 의심을 더 밀어 붙일 여유가 없었고, 어떻게 내 기분을 표현해야 할지, 표현하는 것이 좋은지 어떤지 판단이 서지 않았고, 그래서 화가 났다. 나이 든 이웃도 엉뚱한 샛길로 접어들었다는 걸 의식했는지, 아니면 단순히 집주인인 나의 기분이 언짢아졌다는 걸 눈치챘는지 갑자기 껄껄 웃으며, 이래서 선생 노릇을 오래하면 못쓴다니까, 오죽하면 선생질이라고 하겠어, 자책하듯 말하고는 자리에서 일어났다. "커피 잘 마셨어요. 다음에 또 이야기를 나눕시다." 그는 손까지 들어 보이며 떠났다. 노인의 방문이 예삿일 같지는 않았지만, 나는 부러 무시했다. 가슴 한복판에 가시가 박힌 듯 뜨끔뜨끔했다. 무시하려고 했지만 무시되지 않는다는 증거였다.

　내 마음속에 무언지 모를 불안의 입자가 떠다니면서 내부의 안락감을 공격하고 있다는 사실을 알게 된 것은 다음 날 산책길에서였다. 설마 하며 뒷걸음치는 정신을 내몰듯, 이래도 깨닫지 못하겠느냐는 듯, 석연치 않은 일들이 갑자기 자꾸 일어났다.

그날, 옷을 입지 않은 채 숲길을 걸어가는 한 남자를 보았다. 키 큰 나뭇가지 사이로 비치는 붉은 석양빛을 받으며 남자는 휘적휘적 걸었다. 산짐승으로 오해하기에는 날이 아직 어둡지 않았고, 직립의 자세가 너무 확연했다. 흔한 일은 아니지만 전에도 산길을 걷는 사람과 부딪친 적이 있으므로 처음에는 그런가 보다 하고 가볍게 넘겼다. 공연히 귀찮을 것 같아 부러 길을 바꿨는데도 어쩐 일인지 그 사람과 마주치고 말았다. 그는 맞은편에서 휘적휘적 걸어오고 있었다. 멀리서 보았을 때는 그저 웃통 정도 벗었으려니 짐작했는데 그렇지가 않았다. 그는 아무것도 걸치지 않은 완전한 알몸이었다. 수염이 귀밑부터 턱까지 이어져 전체적으로 얼굴이 둥그스름하다는 인상을 주는 남자였다. 가슴과 다리에도 털이 많았다. 키는 그다지 크지 않았지만 몸은 군살이 전혀 없는 근육질이었다. 나이를 헤아리기가 쉽지 않았다. 청년 같아 보이는가 하면 노인 같아 보이기도 했다. 나는 어떻게 해야 할지 몰라 그 자리에 우뚝 멈춰 섰다. 시선을 주체하기가 힘들었다. 그러나 남자는 아무렇지 않은 듯, 손을 들어 알은체까지 하며 휘적휘적 여전한 걸음으로 나를 스쳐 지나갔다. 자세히 살피진 못했지만 나를 향해 살짝 웃었던 것 같기도 하다. 멀어져가는 남자의 뒷모습을 보면서 나는 내가 혹시 꿈을 꾸고 있는 것은 아닌지 스스로에게 물어보았다. 아니면 헛것을 보았을까. 헛것이 아니라면 옷을 입지 않고 숲을 거니는 저 사람은 누구란 말인가. 나는 한동안, 마치 최면이라도 걸린 것처럼 꼼짝하지 못하고 그 자리에 서 있었다.

스쳐 지나갈 때 선명했던 남자의 모습이 서서히 희미해지더니 어느 순간 하나의 이미지로 변해버렸다. 꼭 같지는 않지만, 영화 속의 인물이 스크린을 뚫고 현실의 나에게 다가왔거나 현실의 내가 영화 속으로 들어가 허구의 인물과 조우한 것 같은 기묘한 기분에 휩싸였다. 이를테면 현실과 비현실이 교차하는 어느 지점에서 서성인 것 같은 느낌. 주변이 스산해지면서 몸에 으스스 한기가 일었다. 어지럽고 혼미했다. 나는 영화 속에서 빠져나가듯 숲을 빠져나가기 위해 걸음을 빨리했다. 누군가 금방이라도 뒷덜미를 잡아챌 것 같아 마음이 불안했다. 뒤를 돌아보고 싶었지만 그러면 몸이 굳어버릴 것 같아 그러지 못했다. 뒤를 돌아보는 바람에 지옥으로 빨려 들어가고 소금 기둥이 되어버린 이야기 속의 인물들이 떠올랐다. 롯의 아내는 유황불의 심판을 받는 환락의 도시 소돔이 궁금하여 고개를 돌렸다가 소금 기둥이 되었다. 유리디체는 남편인 오르페우스가 뒤를 돌아보는 바람에 지옥에서 빠져나올 기회를 잃고 말았다. 저승의 문을 지키는 그 무서운 개 케르베루스까지 잠잠하게 만들었던 오르페우스의 굉장한 노래는 단 한 번의 고갯짓으로 빛을 잃었다. 그 이야기들은 뒤를 돌아보는 행위 속에 재앙이 감추어져 있다는 걸 환기시킨다. 조금 전까지 안락감을 제공했던 숲이 두려움을 내쏘는 사실을 이해하기 어려웠다. 안락감을 설명할 수 없었던 것처럼 두려움 역시 설명할 수 없었다. 나는 앞만 보고 빠르게 걸어 집으로 돌아왔다.

이튿날 산책길에서는 그 느낌이 더욱 확연해졌다. 다른 날과 달리 자주 고개가 옆으로 돌아갔다가 돌아왔다. 어떤 기척이 느껴져서 고개를 돌렸지만 번번이 아무것도 보지 못했다. 아무것도 보이지 않는데도 번

번이 기척이 느껴지는 게 느껴졌다. 처음에는 내가 주변을 의식하고 있다는 걸 의식하지 못했었다. 그러다가 어느 순간 내가 단순히 주변을 의식하는 것이 아니라 누군가와 부딪칠지 모른다는 걸 예감하고 있고, 그것을 두려워하고 있다는 걸 깨달았다. 그 누군가가 혹시 내가 아는 사람일지 모른다는 우려가 두려움의 핵심에 있었다. 내가 아는 사람이지만 누군지 알 수 없다는 것, 누군지 알 수 없지만 내가 아는 사람이라는 것, 그 두려움은 막연하면서도 압도적이었다. 마음이 너덜너덜해진 나는 빠르게 걸어 집으로 돌아오고 말았다.

더운물을 틀어 목욕을 하는데, 누군지는 모르지만 막연히 아는 사람과 우연히 부딪칠까 봐 두려워하는 증상이 그날 처음 찾아온 것은 아니라는 생각이 들었다. 의식의 수면으로 띄우려고 하지 않았기 때문에 마음 한쪽에 찌그러져 있던 흐릿한 기억이 비로소 모습을 드러냈다.

밤늦은 시간, 엘리베이터를 타고 올라와 불이 꺼져 있는 아파트 복도로 발을 내딛으려고 할 때, 계단 위나 아래, 혹은 모퉁이에 누군가 몸을 숨기고 있다가 불쑥 튀어나와 공격을 해 올 것 같은 상상으로 신경이 오그라들고 온몸에 소름이 돋은 적이 여러 번 있었다. 그럴 때는 첩보 영화의 주인공처럼 아주 천천히 엘리베이터에서 내려 모퉁이를 살피고 아무도 없는 걸 확인한 다음에야 걸음을 옮겨 디뎠다. 늘 그런 것은 아니지만 자주 그런 경험을 했다. 낮에도 모퉁이를 돌아가려고 할 때면 그런 조심성이 찾아왔는데, 모퉁이를 돌자마자 내가 잘 알고 있는, 그러나 만나는 것이 거북해서 되도록 피하고 싶은 누군가와 맞부딪칠지 모른다는 걱정이 들면서 순간적으로 신경이 날카로워진다는 사실이 나중에 깨달아졌다. 그렇지만 그 사람이 누구인지, 하필이면 아는 사람인지, 어떻게 아는 사람인지, 어떤 사연이 있어서 그렇게 만나는 걸 거북해하고 피하려고 하는지는 끝내 깨달아지지 않았다.

그 무렵 잠깐 빠져 있던 인터넷 게임의 영향인 것 같다는 추측을 해보기는 했다. 건물들 사이를 가로지르며 움직이거나 몸을 숨기고 있는 상대편을 저격하는 그 게임의 이름은 〈서든어택〉이었다. 대학교 3학년 때 피시방에서 아르바이트하던 친구와 어울리며 6개월

정도 그 게임을 했는데, 그 게임에서 중요한 것은 꺾어진 길이나 건물의 모퉁이에 숨어 있다가 나타나는 적을 먼저 발견하고 조준하는 것이었다. 〈서든어택〉에 빠져 있던 몇 달간은 게임을 하지 않을 때에도 게임 화면이 눈앞에 영사되는 경험을 가끔 했다. 그러니까 모퉁이를 돌 때면 갑자기 예민해지는 두려움의 감각을 현실에 스며든 인터넷 게임의 영향 때문이라고 추측하는 건 지나치다고 할 수 없었다. 문제는 〈서든어택〉에 빠지기 전에도 그런 경험을 한 적이 있었다는 것이다. 그러니까 게임으로 인해 강화되었는지는 몰라도 게임 때문에 생긴 증상이라고 단정할 수는 없었다. 어쩌다 한 번씩, 그러나 매우 강렬하게, 피해야 할 아는 누군가를 피할 수 없이 만나게 되면 어쩌나 하는 걱정에 시달렸다. 가만히 생각해보니까 그 게임에서 모퉁이를 돌아 나타날 수 있는 사람은 지인이 아니라 적이었다. 그것도 달랐다. 그러니까 게임의 잔영이라는 식으로 단순하게 정리하는 것은 이치에 맞지 않은 것이다. 생각보다 오래되고, 외부의 영향이라기보다 내적이고 개인적인 사연에 더 근거를 두고 있으며, 실체가 한층 복잡하고 모호한 마음의 현상인 것이 분명했다.

마음 한쪽에 찌그러진 채 방치되어 있던 그 증상이
자, 봐라, 나 여기 있다, 하고 당당하게 모습을 드러낸
것이라고 해야 할까. 나는 피할 수 없다는 걸 알았다.
동시에 피하지 않고 어떻게 해야 하는지 알지 못한다
는 것도 알았다. 잣나무 숲을 산책하는 일이 두려워졌
다. 나는 더 이상 안락감을 느낄 수 없었다.

내 말을 들은 P는 깔깔 웃었다. "혹시 산짐승을 잘못
본 거 아냐? 노루나 멧돼지 같은 거 말이야. 자기 눈 별
로 안 좋잖아. 안경도 안 끼고 있었다면 뭐……." 시력
이 좋지 않다는 건 사실이다. 안경을 끼지 않은 것도.
그렇지만 노루나 멧돼지를 잘못 보았을 거라는 그녀의
말은 나를 화나게 했다. 나는 그녀의 진지하지 않은 반
응을 지적하고 전화를 끊어버렸다. 다시 전화를 걸어
온 그녀가 왜 그렇게 예민해졌느냐고 너스레를 떨었지
만 나는 입을 다물고 대꾸하지 않았다. 한번 찾아오겠
다는 그녀의 요구를 나는 단호하게 거절했다. 그녀는
이해할 수 없어 했다. 내가 생각해도 내가 이해되지 않
았다. 내가 생각해도 너무 예민한 게 틀림없었다.

4

꿈속에서 나는 아홉 살이었다. 아홉 살의 나는 부풀어 오른 성기를 붙잡고 어쩔 줄 몰라 하고 있었다. 한데서 오줌을 누면 안 된다는 사실을 알고 있었다. 꿈속의 아버지는 아무 데서나 오줌을 누면 안 된다고 가르쳤다. 길에다 오줌을 누면 안 된다. 풀밭에서 오줌을 누어도 안 된다. 담벼락에 누어도 안 된다. 계단에도 안 된다. 그런 데다 오줌을 누면 이빨에 독을 가진 벌레가 고추를 문다. 그러면 고추가 풍선처럼 부풀어 오르고 방망이보다 커지고 불이 난 것처럼 뜨거워지고 나중에는 어쩔 수 없이 고추를 잘라내야 한다. 그러니까 절대로 한데에 오줌을 누면 안 된다. 아버지의 얼굴은 보이지 않았다. 그는 다만 말할 뿐이었다. 아버지는 말로만 존재했다. 참을 수 없을 때는 어떻게 해요. 나는 물었다. 참을 수 없는 경우가 있어서는 안 된다. 참을 수 있어도 참아야 하고 참을 수 없어도 참아야 한다. 아버지는 단호했다. 아버지의 금령은 예외가 용납되지 않는 절대적인 법칙이었다. 나는 그 법칙을 지키려고 했다. 그것은 그렇게 어려울 것 같지 않았다. 나는 참을성이 있는 편이었다. 지킬 수 없는 상황이 생기기까지 지킬 수 없을 거라는 생각을 하지 않았다. 그러나 지킬 수 없는 상황은 의외로 빨리 찾아왔다. 나는 오줌이 가득 들어차 금방 터질 것 같은 방광을 붙잡고 화장실을 찾았다. 화장실은 눈에 띄지 않았다. 나는 지나가는 사람들을 붙잡고 화장실이 어디 있는지 물었다. 다리를 꼬고 울상을 짓고 있는 내 꼴이 우스웠는지 대부분 피식피식 웃으며 나를 피했다. 한 남자가 손가락으로 한 방향을 가리켰다. 나는 고맙다고 인사하고 남자가 지시한 쪽으로 잰걸음을 했다. 태연한 척하려고 했지만 내 걸음걸이는 불안하고 어색했다. 사람들이 힐끔거리며 지나갔다. 비웃는 것 같기도 했다. 하지만 그런 건 괜찮았다.

그런 것에 신경 쓸 여유가 없었다. 그러나 남자가 지시한 방향으로 아무리 걸어가도 화장실이 나타나지 않은 것은 괜찮지 않았다. 어느 순간 건물과 길이 사라져버렸다. 나는 허허벌판에 있었다. 어디를 둘러봐도 화장실이 있을 만한 장소가 아니었다. 낙담하여 한숨을 쉬는데 방광을 가득 채우고 있던 오줌이 저절로 넘쳐 나왔다. 나는 아무 데서나 오줌을 누면 안 된다는 아버지의 금령을 떠올렸지만, 그러나 더 이상 참는다는 것이 불가능한 상황이었으므로 급히 바지를 내렸다. 다리를 타고 흐르던 오줌이 맹렬한 기세로 쏟아졌다. 한참을 쏟아냈는데도 오줌은 멈출 기미를 보이지 않았다. 심상치 않다는 느낌이 들려고 하는 순간, 어디서 온 것일까, 조금 전까지 보이지 않던 사람들이 갑자기 우르르 몰려와서 나를 에워쌌다. 그들은 벌판에서 오줌을 누고 있는 나를 향해 손가락질을 하고 고개를 젖히며 웃고 욕하고 비난했다. 그들이 하는 말은 정확하게 전달되지 않았다. 그들이 하는 말은 사람의 말 같지가 않았다. 어떤 사람은 돌을 던졌다. 돌은 내 이마를 맞히고 바닥에 떨어졌다. 돌 맞은 자리가 빠르게 부풀어 올랐

다. 당황한 나는 오줌을 그만 멈추려고 했다. 아랫배에
힘을 주면 오줌 줄기가 끊어질 것이다. 그러나 아랫배
에 힘이 들어가지 않았고, 오줌 줄기도 끊어지지 않았
다. 도대체 내 몸속에 어떻게 저렇게 많은 물이 들어 있
었단 말인가. 오줌은 계속 쏟아지고 사람들은 계속 웃
었다. 믿어지지 않았다. 사람들이 사방에 빙 둘러서 있
었으므로 어디로 피할 수도 없었다. 어떻게 해도 멈추
지 않고 오줌을 쏟아내는 성기를 붙잡고 나는 끝내 울
음을 터뜨리고 말았다. 오줌은 주변에 거대한 웅덩이
를 하나 만들어놓고야 멈췄다. 오줌 줄기가 잦아들자
둘러서 있던 사람들이 슬금슬금 빠져나갔다. 그제야
내 울음도 그쳤다. 그러나 나는 곧 새로운 울음을 울어
야 했다. 오줌 웅덩이 속에 반쯤 잠긴 대리석 비석이 눈
에 들어왔다. 주의를 기울이지 않았는데도 거기 적힌
비명이 보였다. 그것은 아버지의 이름이었다. 그 순간
아버지의 금령이 번개처럼 떠올랐다. 아무 데서나 오
줌을 누지 마라. 그렇지 않으면 고추가 부풀어 오른다.
아버지의 목소리는 천둥소리와도 같았다. 나는 다시
울음을 터뜨렸다. 내 울음은 자비를 구하는 기원이나

마찬가지였다. 하지만 기원이 받아들여져 자비를 얻게 될 거라고 기대했다는 건 아니다. 울면서도 기대할 수 없다는 걸 알고 있었다. 기대할 수 없다는 걸 알면서도 울었다. 아버지가 왜 그렇게 한데에서 오줌을 누지 말라고 경고했는지 한순간에 알아졌다. 한데에 오줌을 누는 것은 곧 아버지에게 오줌을 누는 것과 같기 때문이었다. 나의 성기는 순식간에 부풀어 올랐고 방망이보다 커졌다. 불이 붙은 것처럼 뜨겁고 화끈거리고 아팠다. 어디서 나타났는지 먼 친척으로 짐작되는, 그러나 확실하지는 않은 어른이 그대로 두면 삽시간에 온몸으로 독이 퍼질 거라고, 그러면 죽는다고, 그러니까 잘라내야 한다고 말했다. 어른은 나를 어딘가로 끌고 가려고 했다. 손에 날이 번득이는 큼지막한 흉기를 들고 있는 것 같기도 했다. 공포에 사로잡힌 내 입에서 울음이 쏟아졌다.

내 울음소리에 놀라 잠에서 깨어났을 때, 온몸이 축축하게 젖어 있는 걸 발견했다. 온몸이 땀이었다. 그러나 땀만이 아니었다. 나는 나의 아랫도리를 흥건하게 적시고 있는 것이 땀만은 아니라는 걸 부끄러움과 모욕감 속에서 인정해야 했다. 스물아홉 살 먹은 사내가 잠자리에서 오줌을 싼 것을 어떻게 이야기할 수 있을까. 아, 이런! 그것은 끔찍한 경험이 아닐 수 없었다. 정신이 캄캄하고 기분이 너덜너덜해졌다. 나는 한동안 송장처럼 움직이지 못하고 가만히 있었다.

이웃에 사는 은퇴한 심리학 교수를 찾아가볼 생각이 왜 들었는지 모르겠다. 침대 시트를 세탁기 속에 집어넣고 욕조에 따뜻한 물을 가득 받아 몸을 담그고 앉아 있는데 꿈속의 묘비명이 바로 눈앞에 있는 것처럼 선명하게 보였다. 아버지의 비석을 보는 순간 흐리멍덩하던 정신이 순간 곤추섰다. 이상한 것은 그것이 아버지의 이름이 적힌 묘비명이라는 사실은 의심의 여지가 없이 확실한데 이름은 읽을 수 없다는 점이었다. 이름은 읽을 수 없는데 그것이 아버지의 이름이라는 건 어떻게 그렇게 의심의 여지가 없이 확실할 수 있을까. 하마터면 나는 욕조에서 벌떡 몸을 일으킬 뻔했다. 부정할 수 없는, 너무나 분명하고 자명한 사실 한 가지가 종주먹을 들이대며 으르댔다.

나는 그 이름을 모르고 있었다. 묘비명에서 이름을 읽을 수 없었던 것은 내가 그의 이름을 모르기 때문이었다. 그는, 내가 이름을 모르기 때문에 없는 사람이었다. 아니면 그는 없는 사람이었으므로 이름을 알아야 할 이유가 없었다고 해야 할까. 나는 혼란에 빠졌다. 아무렇지도 않았던, 아무렇지도 않다고 생각했던, 아니, 아예 그런 생각조차 하지 않았던, 할 필요를 느끼지 않아도 상관없었던 일이 갑자기 심각한 문제의 진앙이 되어 이제까지의 안전하던 삶을 흔들어놓는 현상은 왜 일어나는 것일까.

아무렇지도 않던 것이 심각해지고, 심각하던 것들이 아무렇지 않게 되는 건 사실 아무렇지 않은 일이다. 자연현상이다. 그럴 만한 때가 되었기 때문에 그렇게 된 것이다. 거두절미하고 던진 내 의문에 대한 노교수의 대답은 무성의하달 정도로 단순했다. 언뜻 선문답처럼 들릴 수 있는 말이긴 했지만, 그리고 그는 그렇게 들리기를 바랐는지 모르겠지만, 나는 그의 대답이 만족스럽지 않았다. 나는 그가 무슨 말인가를 더 해주기를 바랐다. 그러나 그는 상기된 내 얼굴을 유심히 바라보기만 했다. "그렇지만……." 나는 그를 나에게 갑작스러운 혼란과 불안을 유발시킨 유력한 용의자로 고소하기 위해 내 혼란과 불안에 대해 이야기했다. 이름을 모르는 아버지에 대해 이야기할 때 내 목소리는 침울했다. 그는 좀 놀란 것 같았다. 내가 말을 하는 동안 중간에 그가 끼어들어 한 유일한 말이, 아버지 이름을, 정말 모른단 말이오, 였다. 나는 이를 악물고 고개를 끄덕였다. 이해할 수 없을지 모르지만 그것은 사실이었고, 나는 그것을 이해할 수 없다는 것을 이해하지 못했다. 아버지가 없는 건 너무나 자연스러웠으니까. 없는 것의 이름을 묻는 것이 부자연스러운 일이지 그 반대는 아니었으니까. 그런데 자연스럽던 일이 갑자기 부자연스러운 일이 되었다. 그리고 이 늙은 학자는 자연스럽던 일이 갑자기 부자연스러워진 것이 자연스럽다고, 부자연스럽지 않다고 말한다.

"없는 것의 이름을 부르지는 않지. 그런 일은 없지. 왜냐하면 애초에 없는 것에는 이름을 붙이지 않으니까. 이름을 찾고 있다면, 그건 없는 것이라고 할 수 없지. 이런 걸 생각해보라고. 어떤 기억들은 무의식 속에 억압되어 의식의 표면에서 사라지지. 사라졌다고 없는 것이 될까? 없어졌다고 세뇌하고 있는 것일 뿐, 없어진 건 아니지. 바닷물에 덮인 섬을 생각해봐. 바닷물이 빠져나가기 전에는 섬의 모습은 보이지 않지. 그렇다고 섬의 존재를 부정할 수 있나? 문제는 사라진 그것이 기회가 되면 일그러진 형태로나마 자기를 드러내려 한다는 데 있어. 존재하는 것들은 다 표현하려고 하지. 그럴 때 기억의 임자몸은 매우 힘든 동통에 시달리게 되는 거고. 바닷물을 다 퍼내든지 바닷물 속으로 몸을 집어넣든지 해야 하니까. 젊은 친구가 지금 겪고 있는 것이 그 일 아닌가."

그 말을 하고 난 후 그는 보충할 필요가 있다고 생각했는지 한 가지 이야기를 들려주었다. 10여 년 전 자기 외삼촌을 살해하고 토막을 내서 야산에 묻은 한 남자에 대한 이야기였다. 외삼촌의 집요하고 끈질긴 막무가내의 간섭과 추궁을 견디지 못하고 살인을 한 불쌍한 사람이었다. 성이 황보인 이 사람은 중학교 다닐 때 1년 반쯤 서울에 사는 외삼촌 신세를 진 적이 있었다. 물론 그의 집에서는 하숙비 조로 철마다 쌀과 농작물들을 보냈다. 그러니까 외삼촌 입장에서는 특별히 은혜를 베푼 것도 아니었다. 그런데 황보가 어른이 된 후 이 외삼촌은 술만 먹으면 전화를 걸어 그때 일을 들먹이며 생활비를 요구했다. 듣기 거북한 욕도 마다하지 않았다. 이 마음 여린 남자는 귀찮기도 하고 해서 군말 없이 몇 번 돈을 보냈다. 그러나 외삼촌은 만족하지 않았다. 오히려 요구의 횟수가 늘어나고 강도가 세졌다. 그는 마침내 염치도 체면도 모르고 분별력까지 잃은 외삼촌을 피했다. 물론 그런다고 외삼촌이 잠잠해질 리 없었다. 전화번호를 바꾸고 이사를 해도 귀신같이 찾아냈다.

어느 날 집으로 찾아온 외삼촌은 은혜를 모르는 호로새끼라며 심하게 욕을 퍼부었다. 퇴학당하고 감옥 갈 놈을 구해준 아버지나 다름없는 은인이라고 자신을 칭하는 대목에서 그 불쌍한 사람은 분별력을 잃고 말았다. 친구와 싸운 일로 부모님을 모시고 가야 했을 때 공부도 못하는 놈이 사고까지 치느냐, 지 새끼도 아닌데 누가 이런 일로 선생을 만나러 가는 줄 아느냐, 창피해서 얼굴을 들 수가 없다, 어쩌구저쩌구 온갖 싫은 소리를 다 하고 있는 대로 생색을 내며 학교에 찾아온 적이 한 번 있었다. 그때 일을 끄집어낸 것이었다. 말다툼 끝에 반 친구와 몇 대 치고받고 한 그 일은 퇴학당할 만한 사건이 아니었고, 감옥 갈 사안은 더더욱 아니었다. 그날 마지못해 보호자 노릇을 했던 외삼촌의 생색과 지청구와 모욕이 떠오르자 그 사람은 순간 치밀어 오르는 울분을 억제하지 못하고 외삼촌의 목을 졸랐다. 아버지나 다름없다고? 아, 씨발, 아버지라니……. 정신을 차리고 난 후 자기가 무슨 일을 저질렀는지 깨닫고 당황했지만, 그러나 돌이킬 수 없는 일이었다. 외삼촌은 숨을 쉬지 않았던 것이다. 그는 침착하자고 스스로를 달래며 마음을 다잡았다. 그는 타인의 더 큰 죄로 자기 죄를 덮는 방법을 택했다. 그의 죄가 작지 않았으므로 외삼촌은 철저하게 나쁜 사람이 되어야 했다. 마침내 그는 그 사람은 죽을 만한 사람이었고, 죽어 마땅한 사람이었고, 자기는 죽어 마땅한 사람을 죽였다는 자기 합리화를 이끌어냈다. 그는 시체를 토막 내어 뒷산에 묻었다. 범죄 현장을 목격한 사람이 없었고, 모범적인 시민인 그를 의심하는 사람도 없었다. 아무도 술주

정뱅이 노인의 실종을 아쉬워하지 않았다. 아무 일 없이 시간이 흘렀고, 그의 범죄는 완전한 것처럼 보였다. 그러나 그렇지 않았다.

3년쯤 되었을 때 몽유병이 생겼다. 그는 한밤중에 자다가 일어나 어딘가를 쏘다니다 돌아왔다. 아침에 옷과 몸이 더러워져 있는 걸 보고 그는 자기에게 몽유병이 생긴 걸 알았다. 물론 자기가 언제 일어나 어디를 쏘다니는지 그는 알지 못했다. 그는 침대에 몸을 묶고 잠들었다. 그러나 아침에 일어나 보면 끈은 풀어져 있고, 몸은 더럽혀져 있었다. 아무리 단단하게 묶어도 마찬가지였다.

몽유병에 시달린 지 두 달이 되지 않아 뒷산 흙 속에 묻혀 있던, 부패한 시체의 일부가 드러났다. 그가 밤마다 손으로 조금씩, 마치 유물을 발굴하듯 매우 조심스럽게 파헤쳐서 끄집어냈다는 사실이 조사 결과 밝혀졌다.

나는 은퇴한 심리학 교수에게 당신이 그 이야기를 하는 이유가 무엇이냐고 묻지 않았다. 묻지 않아도 될 만큼 명쾌했기 때문이 아니라 돌아올 대답이 두려웠기 때문이다. 내가 침묵을 지키고 있자 그 스스로 자기 이야기에 해석을 붙이고 나섰다. 그는 더 이상 나에게 아버지가 없는 존재가 아닌 게 된 것 같다는 사실을 상기시켰다. 몽유병자가 되어 제 손으로 흙을 파기 시작한 불쌍한 남자를 생각해보라고 그는 말했다. 흙을 파지 않고 편히 잠잘 수 있다면 몰라도, 자다 말고 일어나 흙을 파기 시작한 이상 계속 파헤치지 않을 수 없을 거라고, 거기서 찾는, 찾아야 하는 것을 발견할 때까지 몽유병은 결코 사라지지 않는 법이라고 그는 말했다. 몽유병이 생긴 것은 흙을 파야 했기 때문이라는 것이 그의 해석이었다. 나는 그의 말에 동의하지 않았지만, 그것은 그의 말대로 될까 봐 겁이 나서 그랬던 것이지 그의 말이 터무니없어서 그런 건 아니었다.

나는 내가 이제까지 접해본 적이 없는 새로운 문 앞에 서 있다는 걸 알았다. 할 수만 있다면 들어가고 싶지 않지만, 그럴 수 없을 거라는 예감이 정신을 멍멍하게 했다. 왜냐하면 법 앞에 서 있는 카프카의 인물에게 그랬듯 그 문은 오직 나를 위한 문이라는 생각이 들었기 때문이다. "사람은 근본적으로 무언가를 찾고 추구하는 존재거든. 때로는 자기가 무얼 찾는지, 왜 추구하는지도 모른 채 찾고 추구하지. 몽유병 환자처럼 말이야. 찾다가 못 찾게 된다고 하더라도 그 추구가 의미 없는 건 아니지." 은퇴한 교수는 의미심장한 눈빛으로 그렇게 말했다.

5

알 수 없는 어떤 충동에 이끌려 나는 외삼촌에게 전
화를 걸었다. 노교수는, 외삼촌을 살해한 조카의 이야
기를 통해, 자신의 의도와는 상관없이 나에게도 외삼
촌이 있다는 사실을 일깨웠다. 물론 나의 외삼촌은 그
의 이야기 속에 나오는 외삼촌과는 여러모로 달랐다.
마찬가지로 그의 이야기 속에 나오는 조카 역시 나와
는 여러모로 달랐다. 나의 외삼촌은 모욕도 간섭도 추
궁도 하지 않았다. 그러기는커녕 거의 말도 하지 않았
다. 나에게 그는 그윽하고 깊은 눈빛으로 인상 지어져
있다. 입가에 흐릿한 미소를 지으며 말없이 오래 나를
바라보곤 했는데, 그 눈빛에 담긴 감정을 헤아릴 줄 몰랐던 어린 시절에 나는 매번 고개를 돌려 눈길을 피했다. 그 눈빛에서 안쓰러움과 연민의 손길을 식별해낸 것은 열다섯 살의 어느 날, 그의 누이인 내 어머니의 생일이었다. 외삼촌은 케이크에 꽂힌 촛불을 끄고 쑥스러워하는 어머니를 말없이 바라보았는데, 그 눈빛에서 나는 말할 수 없는 안쓰러움과 어떤 종류의 간절함과 연민을 읽었다. 그리고 곧 그 눈빛이 나를 바라볼 때의 그의 눈빛, 무엇이 담겼는지 알지 못해 피하려고만 했던 그 눈빛과 다르지 않다는 걸 깨달았다. 그는 여동생을 바라보는 눈빛으로 나를 본 것이다. 시간이 조금 더 지난 후에 나는 그가 나를 보면서 자기 여동생을 본다는 걸 알아차렸다. 나를 보면서도 그는 내가 아니라 여동생만 보았다. 그러니까 그 눈빛은 나를 향한 것이 아니었다. 나는 그에게 그의 여동생, 여동생의 처지와 형편, 이른바 그녀의 운명을 일깨우는 존재로만 작용했다. 오래전에도 그랬고, 최근까지도 그랬다.

그 순간에 내가 나에게도 외삼촌이 있다! 하고, 질량과 부피의 관계에 대한 법칙을 알아내고 '유레카!'를 외치며 목욕탕에서 뛰쳐나간 아르키메데스처럼 흥분했다는 건 아니다. 문득 허공에서 그윽하고 깊은 눈빛이 나를 내려다보는 것 같은 느낌이 들었고, 그러자 아, 나에게도 삼촌이 있었지, 하는 생각이 따라왔던 것이다.

나는 중언부언 말을 많이 했고, 외삼촌은 내 말을 말없이 들었다. 꿈 이야기를 하고, 은퇴한 교수 이야기를 하고, 누군가와 마주치게 될까 봐 두려워 어쩔 줄 모르는 길모퉁이 이야기를 했다. 내 이야기에는 두서가 없었고, 외삼촌의 침묵에는 일관성이 있었다. 내 이야기는 멀리 갔다가 가까이로 돌아오고, 봉우리로 올라갔다가 골짜기로 내려왔다. 머뭇거리다가 정색을 하고, 흥분했다가 우물쭈물 말꼬리를 흐렸다. 그런데도 그는 내가 하려는 말을 정확하게 알아들었다. 말을 하는 나보다 더 잘 알아듣는 것 같다는 생각이 들 정도였다. 그도 그럴 것이 나는 알 수 없는 충동에 이끌려 전화를 걸었지만 내가 정말로 원하는 것이 무엇인지 분명하게 의식하지 못하고 있었다. 어느 날 문득 원치 않는 대상과 원치 않는 방법으로 대면할지 모른다는 불안감에 사로잡혀 지냈지만, 그 불안감이라고 하는 것에도 무언가 수상한 구석이 있었다. 표면적으로는 원치 않아하면서도, 실은 원치 않는 대상과 대면하지 못하게 될까 봐 전전긍긍하는 것 같다는 생각이 들기도 했던 것이다. 원치 않는 대상과의 조우를 원한다는 게 말이 되는 걸까. 나는 원하지 않으면서도 정말로 원하지 않는 대로 될까 봐 불안해하고, 원하면서도 정말로 원한 대로 될까 봐 마음 졸이고 있는 것 같았다. 카오스, 땅은 혼돈하고 흑암이 깊음 위에 있는 상태.

"아버지를 찾는구나." 긴 침묵 끝에 외삼촌이 입을 열어 한마디 했다. 그 말을 듣는 순간 얼음 조각들이 정수리에 쏟아진 것처럼 얼얼했다. 정신이 번쩍 들었다. 마치 혼돈을 향해 빛이 있으라, 하고 외치는 신의 음성을 들은 것과도 같았다. 그는 내가 원하면서 원하지 않고, 원하지 않으면서 원하는 것이 무엇인지 명쾌하게 밝혔다. 흑암에 쏟아진 빛은, 그러나 너무 갑작스러웠고 그래서 눈이 부셨고, 다시금 나를 혼돈 속으로 밀어 넣었다. 나는 약간의 현기증을 느꼈다. 그러니까 내가 무의식적으로 의식한 시선이 아버지의 것이었군요. 그 말을 입 밖으로 내지는 않았다. 그 와중에도 나는 외삼촌이 혹시 나의 어투에서 연극적인 기미를 찾아내지

않을까 염려하고 있었다. 연극은 대사를 통해서 등장
인물이 인식한 것을 전달한다. 인물이 인식한 사실을
확인하거나 알리기 위해 언제나 대사를 이용한다고 해
야 할까. 무대 위의 배우가 대사를 하지 않으면 관객은
물론이고 무대 위의 다른 인물들, 심지어 그 자신조차
그가 무엇을 인식하고 있는지 깨닫지 못한다. 혹은 깨
닫지 못한 상태에 머물러 있기로 결심한다. 배우는 깨
닫지 못한 상태에 머물러 있기로 마음먹은, 혹은 그런
규칙에 갇힌, 갇히기로 작정한 상대 인물과 관객과 자
기 자신을 풀어주기 위해 뻔하고 분명한, 이미 알고 있
을 수도 있는 사실을 대사로 알린다. 말하자면 되새김
질 같은 것. 무대 위 배우의 대사가, 연극을 보고 있는
데도 연극적이라는 인상을 주는 것은 그 때문이다. '그
러니까 내가 무의식적으로 의식한 시선이 아버지의 것
이었군요.' 안에서 발화한 내 연극적인 대사는 기꺼이
깨닫지 못한 상태에 머물러 있고자 했던 나를 이끌어
냈다. 나는 내가 해야 할 다른 대사를 생각해냈다. "그
것이 아버지의 묘비명이라는 건 의심의 여지가 없었
어요. 나는 분명히 아버지의 묘비명을 보고 있었거든

요. 그런데 이름을 읽을 수 없었어요. 이름이 쓰여 있지 않았던 게 아니에요. 이름이 쓰여 있지 않았다면 아버지의 묘비명이라는 걸 어떻게 알았겠어요. 내가 아버지의 묘비명이라고 확신한 건 거기서 아버지의 이름을 읽었기 때문이었어요. 그런데 대체 나는, 아버지의 이름을 알지 못하는 나는 그 묘비명에서 무얼 읽은 거지요? 거기 쓰여 있었던 것은 무엇이었을까요?" 과묵하고 침착한 캐릭터의 외삼촌이 그윽하고 깊은 눈길을 어디로 향하고 있을지 궁금했다. "찾아보겠느냐?" 그 물음이 내 귀에는 괜찮겠느냐, 로 들렸다. 나는 고개를 끄덕였다. 내 고갯짓을 보았을 리 없는데 그가 숨을 길게 내쉬었다. 바라지는 않지만 피할 수는 없다는 사실을 받아들여야 할 때 내쉬는 숨이라고 나는 생각했다. 어딘가 비장한 기운이 감돌았다. 외삼촌의 한숨 소리를 들었기 때문일 수 있었다.

6

　내가 묵고 있는 여인숙은 좁고 냄새나는 술집 골목 안쪽에 있다. 밤이 되면 술에 취한 군인들이 여인숙 담벼락에 오줌을 갈기거나 속엣것을 토해낸다. 담벼락에 붉은 페인트로 큼지막하게 '소변 금지'라고 쓰여 있고 가위까지 그려져 있지만, 술에 취한 젊은 남자들이, 그것도 밤중에 그 경고를 의식할 리 없다. 가로등은 50미터쯤 떨어져 서 있고, 여인숙의 아크릴 간판은 먼지가 잔뜩 끼어 흐릿하다. 램프를 갈아줄 때가 되었는지 주기적으로 깜박거리기까지 한다. 술집에서 나온 남자들이 바지의 지퍼를 내리고 기분 좋은 취기로 몸을 흔들어가며 오줌을 누기에 적당한 어둠이 여인숙 담벼락

아래 포진해 있다. 아침이면 주인 여자는 허공을 향해 갖은 욕을 해대며 물을 끼얹는다. 그래도 냄새는 쉬 사라지지 않는다. 흐린 날 낮에 방에 앉아 있다 보면 바깥에서 불어오는 바람을 타고 오래 묵은 지린내가 슬금슬금 문틈으로 스며든다. 하기야 여인숙 담벼락에 오줌을 갈긴 이들 가운데 여인숙에 투숙하러 들어오는 이가 적지 않으므로 여인숙 주인으로서도 마냥 욕만할 수는 없는 일이긴 하다.

그 여인숙을 숙소로 정한 것은 특별한 이유가 있어서가 아니었다. 휴전선에서 가까운 인구 3만의 작은 도시인 이곳에 밤늦게 도착한 나는 낯선 고장의 기운을 맛볼 심산으로 길을 따라 흐느적흐느적 걸었다. 그러나 몇 걸음 걷지 않아 한가한 생각을 거두고 말았는데, 우선 살갗에 닿는 공기가 생각보다 차가웠고, 그 때문인지 지나가는 사람들이 거의 보이지 않았고, 거리가 너무 어두웠기 때문이었다. 대부분의 상점들이 셔터를 내리고 간판 불을 끈 상태였다. 군데군데 가로등이 서 있었는데, 불빛을 비춘다기보다 추위에 몸을 옹송그리고 있는 꼴이었다. 그냥 어둡기만 한 것이 아니라 어딘가 으스스하고 쓸쓸했다. 나는 하마터면 이곳에 온 것을 후회할 뻔했다. 도대체 나는 살려고 온 것인가, 죽으려고 온 것인가, 하는 문장이 속에서 불쑥 솟구쳤다. 나는 솟구치는 문장을 눌러 앉히기 위해 두리번거리며 묵을 곳을 찾았다. 마침 골목으로 들어가는 입구에 '나그네여인숙'이라는 붉은 글씨의 간판이 보였다. 한 블록쯤 떨어진 곳에 지은 지 얼마 안 된, 꽤 깨끗한 여관이 있고, 그것 말고도 멀지 않은 곳에 여관이 몇 개 더 있다는 걸 나중에 알았지만, 그날 밤 내 눈에는 나그네여인숙밖에 보이지 않았다. 나그네여인숙이 제일 오래되고 제일 낡고 제일 지저분하고, 따라서 숙박비가 제일 싸다는 걸 안 것도 며칠 후였다. 그런데도 다른 곳으로 옮길 생각을 하지 않은 것은 그 도시에 얼마나 머물게 될지 판단이 서지 않아서였고, 익숙해진 다음에는 굳이 옮겨야겠다는 생각이 들지 않아서였다. 좁고 더러운 방과 퀴퀴한 냄새를 견디는 대신 다른 여관에는 없는 널찍한 마당과 키 큰 유실수, 여러 종류의 꽃들과 채소밭을 즐길 수 있는 혜택이 주어졌다. 밥을 먹으려고 식당을 찾아다니지 않아도 된다는 이점도 있었다.

주인아주머니는 손수 가꾼 채소로 밥상을 차려 투숙객들에게 제공했다. 밥값을 따로 받긴 했지만 거저나 다름없는 금액이었다.

그녀는 첫날부터 내가 며칠이나 묵을 것인지 궁금해했다. 나 역시 그것이 궁금했다. 나는 이곳에 얼마나 있게 될까. 잘 모르겠다고 머리를 긁적거리는 나를 수상하다는 눈빛으로 훑어보던 그녀는 군대 간 친구라도 면회 온 거냐고 물었다. 나는 아니라고 했다. 눈을 가늘게 뜨고 노골적으로 위아래를 탐색하면서 그녀는 그러면 여기 온 목적이 뭐냐고 물었다. "뭐 하러 왔어? 멀쩡하게 생겨가지고……." 그렇게 말함으로써 그녀는 군부대에 면회하기 위해서라면 모를까 멀쩡한 사람이 이곳에 올 다른 일이 없을 거라는 암시를 던졌다. 나는 멀쩡한 생김새와 방문 목적을 연결시키는, 맥락을 뛰어넘는 그녀의 화법이 거슬렸지만 찾을 사람이 있어서 왔다고 사실대로 말했다. 누구? 하고 그녀가 관심을 보였다. "내가 이 동네서 태어나고 시집가고 애 낳고 살았어. 57년이야, 57년. 여기 내가 모르는 사람이 없어. 손바닥만 한 데잖아. 내가 모르면 아무도 몰라. 말해봐."

그녀는 눈을 치켜뜨고 나를 노려보았다. 영화농장……
까지 발음했는데, 그녀가 알은체를 했다. "아, 영화농
장…… 거기는 왜?" 나는 영화농장을 잘 아느냐고 물었
다. "57년 동안 여기 살았다니까. 뭐든 물어봐. 거기 누
구?" 그녀는 앞치마에 물 묻은 손을 닦으며 호기심을
드러냈다. "내가 찾는 사람은 남잔데……." 나는 무슨
잘못을 저지른 사람처럼 끝이 말려 들어가는 목소리
로 겨우 말했다. 남자, 누구? 그녀는 추궁하듯 물었다.
어쩐 일인지 말이 막혔다. 내가 머뭇거리자 그녀는 손
짓까지 해가며 재촉했다. "이름이 뭔데? 어? 이름을 대
봐." 이름이 입 안에서 뱅뱅 돌았다. 혀를 움직이고 바
람을 불어넣으면 소리가 날 것이다. 몇 개의 자음과 모
음의 결합. 그 세 음절을 발음하는 데는 1초도 채 걸리
지 않을 것이다. 그러나 이름은 단순한 음절의 모음이
아니다. 이름을 부른다는 것은 혀와 바람의 단순한 작
용일 수 없다. 이름은 존재의 영혼과 같은 것. 이름을
부르는 것은 그 존재를 긍정하고 인정하는 일이다. 이
름을 부를 때 우리의 영혼은 그 존재의 영혼과 맞닿는
경험을 한다. 어떤 이름은 입술에 올리는 것만으로 황

홀하고 설렌다. 어떤 이름은 혀에 올리기도 전에 거부
감으로 미리 근육들이 경련을 일으킨다. 어떤 이름은
흥분하게 하고 어떤 이름은 가라앉게 한다. 차마 부를
수 없는 이름도 있고, 마지못해 부르는 이름도 있다. 영
혼이 부딪치기 때문에 나타나는 현상들이다. 나는 외
삼촌이 가르쳐준 아버지의 이름을 혀 위에 올리려고
했다. 그러나 혀는 뻣뻣하게 굳어 움직이려 하지 않았
다. 나는 발음기관들이 그 이름을 발음하지 않으려 한
다는 사실을 알아차렸다. 거북해하거나 불편해한다고
해야 할 것이다. 그 이름이 불러일으킬, 불러일으킬 만
한 이미지가 없는데도, 아니, 실은 없기 때문에 내 영혼
은 쭈뼛거렸다. 스물아홉 해 동안 존재하지 않았던 아
버지를 긍정하고 인정해야 하는 일은 생각처럼 쉽지가
않았다.

　"그것은 네 어머니가 네 존재의 완전한 배경이 되어
주었기 때문이지." 어떻게 아버지의 존재에 대한 인식
없이 그렇게 무심하게 서른 해 가까이 살 수 있었겠느
냐는, 자문의 성격을 띤 내 물음에 외삼촌은 미리 준비
해두고 있었던 것처럼 곧바로 답했다. 미리 준비하고

있었는지는 알 수 없지만, 수긍하지 않을 수 없는 대답이라고 나는 생각했다. 어머니는 결핍감을 느낄 기회를 주지 않았다. 어렸을 때부터 지금까지 어머니는 나에게 필요한 모든 것을 가장 적당한 때에 가장 적당한 방법으로 제공해주었다. 어머니는 따뜻했고 의젓했다. 여러 가지 일을 동시에 하느라 늘 바빴지만 어느 것 하나 소홀히 하지 않았고, 특히 아들인 나에게 그랬으며, 그러면서도 흔들리는 모습을 보이지 않았다. 어머니는 나에게 울타리였고 동시에 울타리 안의 정원이었다. 나는 양친의 보호를 받는 어떤 아이보다 더 만족스럽게 지냈다. 어머니는 아버지의 존재를 상기시킬 만한 어떤 언행도 하지 않았을 뿐 아니라 아버지의 필요를 느끼게 하지도 않았다. 아버지 없이도 책임 있는 성인으로 성장해가는 데 아무 부족함이 없었다. 도대체 아버지가 무엇 때문에 필요하단 말인가.

외삼촌이 말한 내용을 나는 곧바로 온전히 알아들었다. 그런데 이런 혼란스러운 마음은 뭐지요? 모든 것이 만족스러웠는데, 불편하지도 않고 불만도 없는데, 아버지는 필요하지 않았을 뿐 아니라 없는 것과 같았는데,

없어도 아무렇지 않았는데, 아예 없다는 의식조차 없었는데, 왜 갑자기 아버지의 존재를 의식하게 된 걸까요? 왜 갑자기 아버지를 찾지 않으면 안 될 것처럼 되어버린 걸까요? 이 모순된 감정을 어떻게 이해해야 하지요? 나의 자문에 대해 내 안의 불안이 대답했다. 부족한 것도 없고 불만도 없었지만, 그런데도 가끔 공허를 느꼈지. 울타리는 튼튼하지만 허전하고, 울타리 안의 정원은 풍요롭지만 쓸쓸했지. 모퉁이를 돌아갈 때 느끼곤 했던 어떤 낯익은-낯선 시선에 대한, 근거 없는 두려움과 불안이 실은 근거가 있었던 거지. 어머니는 내 존재의 완전한 배경으로 손색이 없었지만, 그것은 아버지가 불필요했기 때문이 아니라 그녀가 아버지 역할까지 모자람 없이 감당했기 때문이라는 사실을, 그 미묘한 차이를 나는 마침내 깨달았다. 어머니는 자신의 전적인 헌신과 철저함으로 나의 세계에서 아버지의 필요를 몰아냈다. 아버지는 어머니에 의해 무화되었다. 어머니만으로 충분했던 것은, 어머니가 아버지로도 기능했기 때문이었다. 어머니는 어머니이기만 한 것이 아니라 아버지이기도 했기 때문에 완전했던 것이다. 이 말은 역설적으로 아버지, 혹은 부성(父性)의 존재를 적극적으로 초청하는 효과를 발휘한다. 은퇴한 심리학 교수는 누구도 부정할 수 없고 어떤 경우에도 부정되지 않는 것이 아버지라고 말했다. 죽어서도, 죽은 채로 존재하는 게 아버지라고.

"갑갑하네, 그 청년, 그게 뭐 비밀이라고⋯⋯." 성질이 몹시 급할 게 틀림없는, 그러나 상대의 내부에서 벌어지고 있는 혼란에는 무심한 여인숙 아주머니는 참지 못하고 손을 내저었다. 그때까지 혀 위에서 빙글빙글 돌고 있던 이름을 나는 얼른 삼켰다. 저기, 105호 김 중사가 거기서 일하니까 물어봐, 만일 일자리를 구하러 온 거라면 같이 가면 되고⋯⋯ 하며 그녀는 105호의 문을 쿵쿵 두드렸다. "김 중사, 해가 중천에 떴어. 나와서 밥 먹어. 밥 먹고 일 나가야지." 105호의 문은 밥 한 공기를 다 비운 내가 생각에 잠겨 마당을 걸어 다니고 있을 무렵에야 열렸다. "야근을 했어요, 좀 늦게 나가도 돼요." 하품을 입에 물고 나온 검은 점퍼 차림의 사내는 마루에 멀뚱히 앉아 있는 새로운 투숙객에게는 눈길도 주지 않고 밥 한 그릇을 순식간에 해치웠다.

여인숙 주인이 나를 가리키며 저 젊은이가 영화농장에 간다는데, 하고 소개했다. 말하는 본새나 짓는 표정이 농장에 일자리 구하러 온 구직자로 단정한 게 분명했다. 추궁당하지만 않는다면 아무려나 상관없는 일이었다. 그는 눈을 들어 힐끗 살펴보고는 퉁명스럽게, 그럼, 이따가 나를 따라오시오, 했다. 나는 손을 내저어 농장에 일자리를 구하러 온 사람이 아니라는 표시를 했다. "하긴, 나도 의아하다는 생각이 들었어. 꼭 폐병환자 같은 몰골을 해가지고 말이지……. 서울에서 왔소?" 나는 고개를 끄덕였다. 다른 사람 눈에도 내가 폐결핵을 앓고 있는 사람처럼 보인다는 사실이 신기했지만, 그것은 좀 한가한 감상이었고, 그보다 사람을 무안하게 하는 그의 말투가 조금 신경 쓰였다. 하기야 내가 폐결핵 환자라는 걸 정말로 알았다면 그 말을 하지는 않았을 것이다. 내가 바로 폐병 환자예요, 하고 말해서 그 사람을 난처하게 만들 것까지는 없다고 생각했으므로 나는 그에게 동의하는 뜻으로 웃음을 보여주었다. 그럼 뭐요? 하는 눈빛으로 그가 나를 바라보았다. "누굴 만나야 하거든요." 내 말이 끝나기 무섭게, 활달한

걸음으로 부엌에서 나와 마당에 허드렛물을 버리던 주인 여자가 참견을 했다. "그러니까 그게 누구냐니까?" 남자도 말해보라는 듯 내 얼굴을 빤히 쳐다보았다. 외삼촌이 알려준 이름을 다시 혀 위에 올려보았다. 심장이 쿵쿵 소리를 내며 뛰고 얼굴이 붉어지는 게 느껴졌다. 나는 느릿느릿 고개를 저었다. "아니에요. 그냥 좀 알아볼 게 있어요. 오늘은 영화농장에 갈 필요가 없을 것 같아요." 의아하다는 듯 바라보는 시선을 피해 내 방으로 들어가는데, 뒤통수가 따가웠다.

나는 내가 준비되어 있지 않다는 걸 인정했다. 준비가 필요하단 말인가? 생각해보지 않았지만, 그리고 어떤 준비를 해야 하는지 모르겠지만, 그런 것 같았다. 무턱대고 찾아가서 어쩌겠다는 거지? 그 질문이 떠오르자 명치에 주먹질이라도 당한 듯 숨이 막혔다. 나는 나의 무계획과 충동을 비웃듯 쯧쯧 혀를 차고 손바닥으로 얼굴을 때렸다. 여인숙을 나와 낯선 거리를 거닐면서 그냥 돌아가버릴까, 하고 속삭이듯 물어보기도 했다. 그것은 가능할 것 같았다. 그것은 어머니의 보호와 사랑의 그늘 속으로 다시 돌아가는 걸 뜻했다. 어머니가 만든 것은 집이었다. 몸만 돌리면 돌아가는 것은 불가능하지 않을 것 같았다. 아늑한 집의 세계로 돌아가는 것, 그것은 가능할 뿐 아니라 쉬운 일이었다. 어려운 것은 어머니의 집에서 나오는 것이었다.

그러나 다른 상념이 끼어들어 그 생각을 방해했다. 그 집은 이제 더 이상 아늑하지 않다. 적어도 그전에 아늑했던 것처럼 아늑하지는 않다. 모퉁이의 시선을 의식하기 시작했으므로, 그리고 그 시선이 누구의 것인지 알아버렸으므로, 그 시선을 찾아, 혹은 그 시선에 호출당해 광야로 나왔으므로 어머니의 집은 더 이상 평안을 허락하지 않을 것이다. 집에서 광야로 나오게 한 것이 누구인지 처음에는 깨닫지 못했지만 이제는 안다……. 그러므로 나는 돌아갈 수 없을 것이다. 휴전선에서 가장 가까운 인구 3만의 도시를 걸으며 나는 집과 광야에 대한 상념을 곱씹었다. 집이 어머니의 영역이라면 광야는 아버지의 세계였다. 어머니는 집을 짓고, 가정을 꾸리고, 일구고, 정착하고, 쌓는 자였다. 아버지는 광야로 나가고, 떠나고, 헤매고, 버리고, 뿌리치는 자

였다. 어머니는 책임감에 사로잡혀 있고, 아버지는 자
유로움에 들려 있는 자였다. 땅과 하늘, 실리와 명분,
구심력과 원심력…… 상념은 처음에는 추잉껌처럼 말
랑말랑했지만 나중에는 고무처럼 질겨져서 씹을 수가
없었다.

7

번화가라고 할 만한 거리가 200미터도 되지 않았다. 200미터 안에 모든 것이 있었다. 나는 길을 따라 여러 차례 왔다 갔다 하며 간판들을 살폈다. 약국과 교회와 다방과 스포츠 의류점과 편의점과 술집과 버스터미널과 음식점이 길을 따라 늘어서 있었다. 간판들은 거리의 미관이나 보는 사람의 시각을 고려하지 않은 채 마구잡이로 내걸려 어지러웠다. 짐칸에 군인들을 태웠거나 휘장을 쳐서 안을 들여다볼 수 없게 한 군용 트럭들이 속도를 줄이고 지나갔다. 지프차나 트럭, 심지어 장갑차까지 수십 대의 군용차량들이 줄을 지어 지나가기도 했다. 나는 길가에 붙어 서서 군인을 태운 차들이 다

지나갈 때까지 살펴보곤 했다. 트럭에 탄 군인들은 어깻죽지에 총을 붙이고 꼿꼿이 앉아 정면을 응시하거나 지나가는 사람들을 휘둘러보거나 했다. 어느 쪽이든 무료하고 답답해 보이긴 마찬가지였다.

나는 터미널 2층 다방에 들어가 커피를 시켜 마셨다. 커피는 쓰고 달았다. 짧은 치마를 입은 종업원이 다가와 앞자리에 앉으며 면회하러 왔느냐고 말을 붙였다. 이곳에서는 낯선 사람이다 싶으면 먼저 면회하러 왔느냐고 묻는다. 군인들을 면회하러 온 외지 사람들이 그만큼 많다는 증거일 것이다. 그리고 또 그만큼, 다방이나 숙박업소는 말할 것도 없고, 외지인들에 대한 의존도가 높다는 뜻이기도 했다. 나는 아니라는 표시를 하기 위해 손을 내젓다 말고, 어쩌면 면회하러 온 게 맞을지 모른다는 생각이 들어 고개를 끄덕였다. 상반된 손짓과 머릿짓에 혼란을 느낀 여자가 내 몸짓을 따라 하며 어처구니없다는 듯 웃었다. 그녀의 미소는 싸구려 장식물처럼 볼썽사나웠다. 입술에 그려진 붉은 립스틱은 입 속의 어둠을 부각시킴으로써 그녀의 공허와 권태를 선전하는 것처럼 보였다. 나는 그녀의 공허와 권태에서 눈길을 돌리며 영화농장에 어떻게 가야 하는지를 물었다. 그녀는 터미널 왼쪽으로 꺾어 들어 시장을 지난 다음 개천을 가로지르는 다리를 건너고 들판을 지나 한참 가면 울타리가 쳐져 있는데, 거기서부터 농장 소유의 땅이라고 대답했다. "걸어가면 좀 걸리는데? 차 있어요?" 나는 차가 없다고 대답했다. 그녀는, 한 삼십 분 걸리려나, 걸을 만한 거리지요, 택시를 타면 금방이고…… 하며 혼잣말처럼 중얼거리고는, 그런데 거긴 왜요? 하며 궁금증을 내비쳤다. 나는 웃지도 않고 면회하러 왔다고 말했다. 그러자 정말로 면회를 하기 위해 이곳에 온 것 같은 생각이 들었다. 불행하게도 그 면회는 아직 허용되지 않은 터였다.

다른 자리의 손님이 부를 때까지 그녀는 내 앞자리에 앉아 무슨 말인가를 쉬지 않고 뱉어냈다. 그녀는 몹시 수다스러웠다. 그녀의 수다 또한 장식인지 모를 일이었다. 사람들은 무엇인가를 가리거나 돋보이게 하기 위해 장식을 단다. 어느 쪽이든 다른 사람의 시선을 의식하는 건 마찬가지다. 시선이 닿지 않는 곳에 장식을 달지 않는 건 그 때문이다. 그런데 장식이 제구실을 하지 못할 때가 많다. 가릴 것을 돋보이게 하거나 돋보이게 할 것을 가리는 식이다. 어울리지 않은 장식은 하지 않는 편이 낫다. 그런데도 사람들은 장식을 하지 않으면 가려지지 않거나 돋보이지 않을까 불안해서 무언가를 붙인다. 무언가를 붙임으로써 때때로 가려져야 할 것이 돋보이고 돋보여야 할 것이 가려진다는 걸 깨닫지 못하는 것이다. 여자의 미소와 립스틱, 수다가 그러하다고 나는 생각했다. 주의를 기울이지 않아서 잘 듣지는 못했지만, 그녀는 주로 이 고장에 대한 불평을 투덜투덜 늘어놓는 것 같았다. 이곳에 온 지 3개월 되었는데, 볼 것이 없고 갈 데도 없어 지루하다는 것, 나이트클럽이 없는 게 말이 되느냐는 것, 여기 오기 전에 D시에 2년 있었는데, 거기는 이렇지 않았다는 것, 나이트클럽도 있고 피자 가게도 있고, 소박하지만 패션 거리도 있었다는 것, 주말에 면회객들이 와야 장사가 좀 된다는 것, 안 그러면 군발이들이 외출, 외박을 나와야 하는데, 요즘은 부대에 비상이 걸렸는지 코빼기도 보이지 않는다는 것, 지루하고 심심하고 우울하다는 것, 티켓을 좀 끊어서 자기를 밖으로 데리고 나가달라는 것…… 내가 주워들은 내용이 대충 그런 정도였다. 그녀가 다른 자리로 옮겨 가기 전부터 나는 집에서 책을 챙겨가지고 오지 않은 것을 후회하고 있었다. 무어든 읽을 것이 손에 들려 있으면 좋을 것 같았다. 책을 읽고 있으면 문득 보이지 않는 벽이 생겨나 세상으로부터 나를 지켜준다는 느낌이 든다. 구별되었다는 느낌. 보호받고 있다는 느낌. 불안할 때는 책을 펼친다. 책을 들고 있으면 안심이 된다. 그런데 뭐가 그렇게 급했는지 가방에 책 한 권 챙겨 넣지 않고 밤중에 버스를 탔다. 그때의 그 절박함을 생각하면 이곳에 도착해서 취하고 있는 의외의 느긋한 행보는 내 스스로도 이해하기가 쉽지 않았다.

나는 신문을 좀 가져다 달라고 했다. 종업원은 이틀 지난 스포츠신문과 주간으로 발행되는 지역신문을 건네주었다. 스포츠신문 1면에는 간통 사건에 휘말린 한 여배우의 고개 숙인 맨얼굴이 클로즈업으로 찍혀 있었다. 화장을 하지 않았거나 화장을 했다가 지웠을 여배우의 흰 얼굴은, 그녀의 의도와는 달리 몹시 선정적으로 보였다. 그것은 아마도 그녀가 맨얼굴을 통해 보여주려고 했던 이미지는 아닐 것이었다. 그녀는 간음 따위와는 어울리지 않는 청순하고 깨끗한 이미지로 비치기를 바랐을 터인데, 그 청순함이 도리어 성적 욕망을 불러일으키리라는 걸 미처 예상하지 못한 모양이라고 나는 생각했다. 그녀는 죽음에 직면한 자신의 처지를 다소 과장되게 연기함으로써 동정심을 유도하려 하였을 터인데, 그 죽음 연기 역시 동정심 대신 성적 환상을 퍼뜨리는 데 기여하게 되리라는 걸 몰랐을 거라고 나는 또 생각했다. 가장 순수한 얼굴이 가장 관능적이다. 남자들은 창녀촌에 가서도 청순한 얼굴을 찾는다는 문장을 어디서 읽었을까. 검은 상복을 입은 미망인의 관능적 이미지는? 머릿속에서 여러 권의 책들의 페이지가 촤르륵 소리를 내며 넘어갔지만, 좀처럼 어떤 책인지 떠오르지 않았다.

스포츠신문을 넘겨가며 상영 예정 영화에 대한 평을 자세히, 국가대표 축구팀의 평가전에 대한 기사를 건성으로 읽고 연재만화를 봤다. 지역신문을 펼치자마자 지방자치단체장 선거에 입후보한 다섯 명의 얼굴이 압박하듯 떠올랐다. 단체장을 뽑는 선거는 2주일 후로 예정되어 있었다. 한 명을 제외하고는 모두 남자였다. 그들은 하나같이 눈에 힘을 주고 입을 꽉 다물고 근엄한 표정을 짓고 있었다. 나는 신문을 접으려다가 그 인물들 가운데 한 명에게 눈길을 빼앗겼다. 이름이 먼저였는지 얼굴이 먼저였는지 모르겠다. 이름과 얼굴이 동시에 들어왔을 수 있다. 아…… 옅은 신음 소리가 밖으로 새어 나왔다. 나는 이름 밑에 적힌 기호 2번의 약력을 읽었다. 현재 58세. ㅈ대학 경제학과 졸업. ㄷ대학 언론정보대학원 수료. 육군 대령 예편. 농산물가공업협회 회장. 사단법인 애국시민회 지부장. 농민을 위한 정책 포럼 의장. 영화농장 공동대표……. 나는 그의 쏘는 듯한 눈빛을 맞받아내기가 버거워 신문을 접었다.

마침 여종업원이 찻잔을 치우러 왔기 때문에 나는 벌떡 자리에서 일어나서 근처에 책방이 있는지 물었다. 그녀는 고등학교 앞에 문방구를 같이 파는 조그만 서점이 하나 있을 거라고 했다. 나는 고등학교의 위치를 물었다. 고등학교는 우체국 옆에, 우체국은 내가 묵고 있는 나그네여인숙 쪽에서 가까운 도로변에 있다고 했다. 나는 계산을 하고 다방을 나오기 전에 단체장을 뽑는 선거에 출마한 후보자들의 얼굴이 실린 지역신문을 가지고 가도 되는지 물었다. 여자는 필요하면 몇 장 더 가져가세요, 했다. 거스름돈을 건네며 그녀는 신문과 함께 명함을 한 장 건네줬다. 볼썽사나운 미소가 붉은 입술에 달라붙어 있었다. "티켓 한 장 사줘요." 명함에는 이름과 전화번호가 적혀 있었다. 나는 명함을 호주머니에 집어넣고 신문을 옆구리에 끼고 나와 거리를 걸었다.

버스터미널 옆 골목으로 들어가자 시장이 나왔다. 주로 몸피가 두툼한 아주머니들이 천막 아래 채소와 과일과 생선을 진열해놓고 손님을 맞았다. 바닥은 축축했고, 공기에서는 생선 냄새가 났다. 채소를 파는 가게에서도 생선 냄새가 났다. 시간이 일러서인지 시장 안은 한산한 편이었다. 축축하고 냄새나는 바닥에 의자를 내놓고 앉은 가게 주인들은 농담을 주고받으며 낄낄거렸다. 나는 이곳저곳 기웃거리며 시장을 여러 바퀴 돌았다. 가끔 이상하게 생긴 생선 앞에 멈춰 서서 구경을 했다. 가게 아주머니들이 물건을 사라고 불러 세우기도 했다. 나는 길거리에서 아이를 업은 젊은 여자가 구워 파는 호떡을 하나 사 먹었다. 아이는 가끔 칭

얼거렸고, 그때마다 아이 엄마는 아이의 엉덩이를 토닥였다.

시장을 벗어나자 개천이 나왔다. 물이 마른 개천은 바닥을 드러내 보이고 있었다. 나는 다리 위에 서서 바닥이 드러난 개천을 내려다보고 벼가 심겨진 들판을 바라보았다. 좁고 구불구불한 논둑길이 들판을 조각내 놓고 있었다. 들판이 끝나는 지점에 울타리가 쳐져 있을 것이다. 나는 완만한 경사를 이루고 있는 건너편 산을 시린 눈으로 바라보았다. 무슨 주문에라도 걸렸는지 그 다리를 건너기가 어려웠다. 어떻게 하겠다는 거지? 저절로 질문이 만들어졌다. 그건 외삼촌의 질문이기도 했다. "찾아서 어떻게 하겠다는 거냐?" 네 마음의 상태가 어떤지 알겠다. 너의 고뇌도, 욕망도…… 이해하겠다. 그런 시간이 올 것이고, 그러면 피하지 못할 거라고 생각했었다. 네 어머니는 몰라도 나는 그랬다. 기대라기보다 우려였을 것이다. 그렇지만, 피할 수 있으면 피하는 것도 나쁘지 않다는 생각을 했었다. 물에 잠겨 있는 섬을 드러나게 하기 위해 굳이 바닷물을 다 퍼내거나 바닷물 속으로 몸을 집어넣거나 해야 하는 걸까? 섬의 존재를 부정할 수 없다는 건 맞다. 그러나 부정하지 않기 위해 꼭 드러내야만 하는 건 아니지. 드러내지 않은 채로 긍정하기만 하면 되는 거니까. 그게 어려운 일일까? 아니면 그게 옳지 않은 일일까? 그게 어려운 일도 아니고 옳지 않은 일도 아니라면 굳이 바닷물을 퍼내거나 바닷물 속으로 몸을 집어넣지 않아도 되는 것 아닐까? 과묵하고 침착한 성격의 외삼촌은 이례적으로 말을 많이 했다. 흥분하지는 않았지만 간절하게 설득하고 있다는 걸 느낄 수 있었다. 그렇지만…… 그렇지만……. 나는 뚜렷한 반론을 제기하지 못한 채 같은 말만 반복했다. 노교수와 외삼촌 사이에 끼어 옴짝달싹 못하는 신세가 되어버린 것 같았다. 외삼촌은 어쩔 수 없다는 듯 이름을 알려주고 주소를 불러줬다. "너 자신에게 더 질문해봐라. 어떻게 하겠다는 거지, 하고. 내 생각에는 그 질문에 답이 만들어졌을 때 움직이는 것이 좋겠다." 그것이 외삼촌의 마지막 말이었다. 그런데도 나는 어떻게 하겠다는 거지, 하는 질문을 심각하게 던지지 않았다. 질문을 던지면 행동할 수 없을 것 같았다. 행동할 수 없다면 그 질문은 무의미한 것이 되어버린다. 그러므로 나는 질문 없이 움직였고, 그랬으므로 당연히 답을 만들어 가지지 못했다. 그러나 질문은 유보되었을 뿐 폐기된 것은 아니었다. 나는 영화농장이 바라다보이는 다리 위에서 그 질문과 대면했다. 그 질문은 모퉁이에서 불쑥 모습을 드러낼 낯익은-낯선 시선과 대면할 준비가 되어 있느냐는 질문을 감싸고 있었다. 나는 그렇지 못하다는 걸 인정하고 조용히 돌아섰다.

돌아오는 길에 책방에 들렀다. 다방 종업원의 말대로 학교 앞 책방은 문방구와 완구를 같이 팔았다. 차지한 면적이나 진열된 물품으로 따지면 문구점이라고 불리어야 마땅할 것 같았다. 그나마 학습참고서와 만화책이 대부분을 차지해서 고를 만한 책이 별로 없었다. 나는 몇 해 전에 노벨문학상을 받은 터키 작가의 소설과 한 재즈 연주자의 자서전을 샀다.

옆구리에 책을 끼고 어슬렁거리며 숙소로 돌아가는데 해가 지고 있었다. 저물 무렵 기다렸다는 듯 바람이 불고 공기는 어김없이 차가워졌다. 휴전선에서 가장 가까운 인구 3만의 작은 도시 상공에 을씨년스러운 기운이 농약처럼 살포되고 있었다. 거리가 우중충한 회색을 띠면서 지나다니는 사람들의 숫자가 급격하게 줄어들었다. 건장한 체격의 헌병들이 곳곳에서 지나가는 군인들을 검문했다. 사거리에서는 지나가는 차들을 세우고 일일이 트렁크를 열게 했다. 무슨 일이지? 운전자가 짜증을 숨기고 물었지만 헌병은 굳게 다문 입을 열지 않았다. 일병이 탈영을 했대. 총을 훔쳐가지고 나갔다는군. 행인 가운데 한 사람이 어디서 들었는지 소문을 옮겼다. 쯧쯧, 옆에 있던 사람이 혀를 찼다. 그러나 더 이상의 대화는 이어지지 않았다. 그들은 별일 아니라는 듯 가던 길을 갔다. 자주 목격하는 일이어서 그들은 가던 길을 그냥 가고 나는 그렇지 않아서 가던 길을 그냥 가지 못하고 오래 서 있었다. 그 장면은 내가 이방인이라는 걸 새삼 일깨웠다. 이를테면 이방인은 자주 오래 멈춰 서 있는 자이다.

8

"아버지가 같은 지붕 아래 있는데 키스를 할 순 없
어." 사랑의 열정에 사로잡혀 키스를 하려고 달려드는
남자에게 여자가 하는 말이다. 남자의 이름은 카이고,
여자의 이름은 이펙이다. 카는 이펙과 함께 2층에 있고,
이펙의 아버지는 아래층에 있다. 외국에서 오래 머물
다 돌아온 카는 여자의 집에 머물고 있는 중이다. 사랑
에 빠진 카는 어떻게든 이펙을 안으려고 하고, 이펙 역
시 카만큼은 아니라고 해도, 그와 동일한 열정을 가슴
에 품고 있다. 그런데도 그녀가 그 요구를 거부하는 까
닭은 다만 같은 지붕 아래 아버지가 있기 때문이다. 그
녀는 그렇게 말한다. 그녀의 아버지는 폭력적이지 않

고 이상성격의 소유자도 아니다. 규범적이지만 자상한 면도 지니고 있다. 그런데도 아버지는, 존재만으로(그는 자기 방에 그냥 있다), 그녀의 사랑의 감정을 통제한다. 억압하지 않는데도 그녀는 억압당한다.

내 독서는 거기서 오래 멈춰 있었다. 펜을 들어 그 문장에 줄을 치고, 여백에 "아버지라는 초자아"라고 썼다가 어쩐지 구태의연한 것 같아 지우고 "아버지는 언제나 같은 지붕 아래 있다. 없어도 있다"라고 썼다. 그러자 그 문장의 의미가 한층 선명하게 이해되는 것 같았다. 나는 책을 덮고 밖으로 나가 반나절 동안 거리를 쏘다니다가 다시 돌아와 책을 읽었다. 방바닥에 배를 깔고 누워서 읽었다. 여인숙 여자는 미심쩍은 눈빛을 가끔 보냈지만 참견하지 않았다. 나는 이펙을 향해 속으로 외쳤다. 아버지를 무시하라. 그대의 마음속에서 아버지를 내몰고 카에게 안기라. 그리고 또 카를 응원했다. 그녀의 마음속에서 아버지를 몰아내라. 아버지의 통치로부터 그녀를 구하라. 그녀를 안아라. 그녀를 안아라……. 거기서부터의 내 독서는 오로지 한 가지 열망에 바쳐졌다. 나는 열망하고 기대하고 간구했다. 그들이 서로를 안는 것 외에 다른 내용은 안중에 들어오지 않았다. 오르한 파묵의 그 책은 지극히 개인적인 열정을 억지로 투사하는 대한민국의 한 독자에 의해 심하게 왜곡되었다. 그리하여 내부의 불길을 더 이상 억제하지 못한 그들이, 처음에는 아버지가 집을 비운 틈을 이용해, 그리고 마침내 아버지가 집에 있는데도 서로의 몸을 끌어안고 키스를 하고 섹스를 할 때, 나는 만족했다. 나는 그 책을 더 읽지 않아도 될 것 같았다. 나는 카와 이펙이 열정적으로, 그러나 흥분된 감정을 애써 억눌러가며 서로에게 격렬하게 탐닉하는 장면을 머릿속에 그려보았다. 그러자 어떤 연상 작용인지, 헝클어져 있던 머릿속의 관념들이 비교적 정리된 문장으로 만들어졌다. 나는 "같은 지붕 아래 있는 아버지보다 그렇지 않은 아버지가 훨씬 억압적이다. 왜냐하면 같은 지붕 아래 있지 않은 아버지는 온 우주를 자신의 지붕으로 삼기 때문이다"라고 썼다. 아버지는 나를 부르지 않았다. 그러나 나는 아버지의 부름을 받았다. 이 호출을 어떻게 설명할 수 있을까. 일상적으로 경험하는 감각의 세계와는 다른 영역에서 오는, 설명하기가 쉽지 않지만 부정할 수도 없는 호출을 이제 나는 긍정하지 않을 수 없다. 아버지는 존재하지 않으면서 억압한다. 존재하지 않는 것이 심지어 그의 억압의 수단이기까지 하다. 나는 극복해야 한다. 의식하지 못했지만, 혹은 못한 척했을 수도 있지만, 이곳으로 달려온 진짜 원동력은 그것이었다. 내 극복의 수단은, 터키 작가의 책을 빌려 비유하자면, 아버지와 같은 지붕 아래서 누군가와 사랑을 나누는 것이다.

나는 다방에서 가져온 신문을 펼쳐서 기호 2번의 얼굴을 바라보았다. 짧은 머리카락 아래 드러난 귀가 크고 광대뼈가 조금 튀어나와 있었다. 눈썹이 짙고 눈빛이 날카로웠다. 꼭 다문 입술은 강인하고 고집이 세 보였다. 전체적으로 군복을 벗었는데도 군복을 입고 있는 것 같은 인상이었다. 나는 그 사진에서 내 얼굴을 찾아보려고 했다. 그 얼굴에서 내 얼굴의 어떤 부분인가를 발견할 수 있으리라고 기대했다. 어떤 사람이 30년 만에 처음 열린 동창회에 갔다 와서 이런 내용의 말을 했다. "세상에! 식당에 앉아 있는 놈들이 30년 전의 걔네 아버지들인 거야. 유전자가 참으로 무섭더라. 아무리 달아나려고 해도, 결국 자기 아버지처럼 늙어가는 거야. 자기 아버지 얼굴을 하고 살아가는 거야. 다른 재주가 없어. 놀랍고 우습고 서글프고 그러더라." 이 나이가 되면 이 얼굴이 되는 걸까. 아니, 이 남자는 스물아홉 살 때 지금의 내 얼굴을 가지고 살았을까. 실감이 나지 않았다. 스물아홉 살의 그의 얼굴이나 쉰여덟 살의 내 얼굴이 그려지지 않았다.

나는 차가운 물로 샤워를 하고 머리를 감고 면도를 하고 속옷을 갈아입고, 다방에서 가져온 신문을 옆구리에 끼고 여인숙에서 나왔다. 거리에는 차를 타고 다니며 한 표를 호소하는 선거운동원들의 모습이 보였다. 스피커의 볼륨을 얼마나 높여놨는지 그 근처를 지나갈 때는 저절로 인상이 찌푸려졌다. 나는 도로를 가로질러 빠르게 걸었다. 시장을 지나고 다리를 건넜다. 논둑길을 따라 걸을 때는 거의 뛰다시피 했다. 눈으로 보는 것과는 달리 농장은 꽤 멀었다.

농장 진입로에 이르렀을 때는 숨이 턱에 찼다. 진입로에는 '이곳은 사유지임. 허락 없이 들어오지 말 것'이라는 팻말이 붙어 있었다. 나는 멈춰 서서 숨을 고르며 흰 바탕에 붉은 페인트로 쓰인 그 글씨를 오랫동안 들여다보았다. 허락 없이 들어오지 말 것. 그것은 금방이라도 튀어나와 달려들 것처럼 보였다. 숨을 고르는데 숨이 더 거칠어졌다. 기침이 터져 나왔다. 아침에 약을 챙겨 먹지 않은 사실이 떠올랐다. 나는 그 자리에 멈춰서서 기침이 멎을 때까지 기다렸다가 포장된 진입로를 따라 천천히 걸었다. 길은 완만한 경사를 이루며 조금씩 높아졌다. 농장은 그 일대 산과 녹지와 밭을 아우르고 있었다. 울타리 안쪽에는 키 큰 나무들이 심겨져 있어서 내부를 들여다볼 수 없었다. 거의 십 분쯤 더 걸었을 때, 축구 골대보다 더 큰 철문이 눈앞에 나타났다. 자동차가 지나다닐 수 있을 정도로 넓은 문 옆에 사람이 지나다니는 좁은 문이 하나 더 나 있었다. 그리고 두 개의 문 모두 빗장이 질러져 있었다. 쇠로 만들어진 넓은 문의 빗장은 굵고 크고 위압적이었다. 모서리에 편지함이 걸려 있었지만 어디에도 문패 같은 것은 보이지 않았다. 이름도 주소도 적혀 있지 않았다.

주변이 숨 막히게 조용했다. 문틈 사이로 안을 살펴보았다. 바람이 희롱하듯 나뭇잎을 흔들 뿐 다른 움직

임은 없었다. 나는 어쩐지 그래야 할 것 같아서 옷매무
새를 만지고 인터폰을 눌렀다. 꽤 오래 기다렸지만 반
응이 없었다. 나는 인터폰을 다시 한번, 이번에는 좀 길
게 눌렀다. 역시 반응이 없었다. 나는 축구 골대보다 크
고 높은 철문에 기댄 채 가지고 나온 신문을 펼쳐 들고
스물아홉 살의 그의 얼굴과 쉰여덟 살의 내 얼굴을 떠
올리려고 애를 썼다. 스물아홉 살의 내 얼굴과 쉰여덟
살의 그의 얼굴을 섞으면 무엇이 될까. 아니, 스물아홉
살의 내 얼굴에서 무엇을 더하고, 쉰여덟 살의 그의 얼
굴에서 무엇을 빼면 같은 얼굴이 될까. 아쉽게도 그려
지는 것이 없었다. 나는 초조하게 잠긴 문 안쪽을 기웃
거리다가 돌아섰다. 그 순간 안쪽에서 오토바이 소리
가 들리고 컹컹 개 짖는 소리도 뒤따라왔다. 나는 자세
를 똑바로 하고 오토바이가 가까이 다가오기를 기다렸
다. 이윽고 스쿠터에서 내린 남자가 부르릉거리는 시
동을 끄지 않은 채 철문 가까이 다가왔다. "이거, 서울
친구 아닌가……." 그가 알은체를 했다. 나도 그를 알아
보았다. 김 중사는 작업복 차림이었고, 손에 면장갑을
끼고 있었다.

주인아주머니의 밥상에 나와 함께 앉아 식사를 하곤
했던 삼십대 후반의 그 남자는 김 중사라고 불리었다.
그는 한쪽 팔을 쓰지 못했다. 늘 점퍼를 입고 다녔는
데, 헐렁한 겉옷은 그의 막대기처럼 뻣뻣한 팔을 가리
지 못했다. 훈련 중 입은 총기 사고 후유증이라고 했다.
그 때문에 10여 년간 입고 있던 군복을 벗어야 했던 불
운한 사내였다. 공교롭게도 내게 배정된 방이 그의 옆
방이었다. 그는 그곳에서 벌써 3년째, 치매를 앓는 나
이 많은 여자와 이상한 동거를 하고 있었다. 시간이 지
난 뒤에 알게 된 사실이지만, 그 어울리지 않는 동거인
은 실은 그와 2년 반 동거한 여자의 어머니였다. 아직
군복을 입고 있을 때 그는 부대 근처 다방 종업원으로
있던 여자와 눈이 맞아 동거를 시작했다. 그렇지만 결
혼식도 올리지 않았고 혼인신고도 하지 않았다. 사정
이 여의치 않은 탓도 있었지만 차일피일 미루다 그렇
게 된 측면이 있었다. 계절이 바뀌면 결혼식을 올리기
로 했는데, 총기 사고가 났다. 그가 전역을 하자 여자는
다시 다방에 나갔다. 그리고 다방에 나간 지 얼마 되지
않아 치매에 걸린 노모를 김 중사에게 맡긴 채 사라져

버렸다. 어떤 남자의 꼬임에 빠졌다는 소문이 나돌았지만 김 중사는 믿지 않으려고 했다. 여자의 어머니가 처음부터 그들과 같이 산 것은 아니었다. 치매에 걸린 노인을 돌보던 아들이 원양어선을 타고 바다에 나가면서 여동생에게 어머니를 맡겼다. 몇 달만 돌보라고 하고 배를 탄 아들로부터 소식이 끊어졌다. 여자는 어쩔 수 없이 노인을 책임져야 했는데, 이제 그 딸이 어딘지도 모르는 곳으로 사라져 소식을 끊어버린 것이다. 치매에 걸린 노인은 김 중사에게 맡겨졌다. 그동안 모아놓았던 얼마 되지 않은 돈을 다 써버린 김 중사는 어쩔 수 없이 그 도시에서 가장 숙박비가 싼 나그네여인숙에 방을 얻어 들어왔다. 물론 노인과 함께였다. 집을 나간 여자로부터 전혀 소식이 없었던 것은 아니었다. 사라진 지 3개월쯤 지난 후에 한 번 발신번호가 표시되지 않은 전화가 걸려 왔었다. 그녀는 미안하다고 했다. 그는 돌아오라고 했다. 그녀는 돌아갈 수는 없다고 했다. 그러면서 정말 염치없지만 어머니를 얼마간만 더 돌봐달라고 했다. 꼭 모셔 가겠다는 약속을 했다. 순해빠진데다가 여자에 대한 미련을 거두지 못한 김 중사는 노인에 대한 염려는 하지 말고, 어디서든 몸 성히 잘 지내고, 되도록 빨리 돌아오라고 사정했다. 통화가 끝날 즈음에 여자는 감정이 복받친 듯 울먹이는 목소리를 냈다. 그로부터 그 말을 전해 들은 여인숙 여자는 걸게 욕을 내쏟으며, 눈물은 무슨, 마음 여린 사내를 이용해먹으려고 그년이 연극을 하는 거지, 나이를 먹을 만큼 먹어가지고 그래 그렇게 몰라, 하고 야단을 쳤다. 속지 말어, 하고 충고했다. 그러나 김 중사는 고개를 절레절레 저었다.

김 중사에 대해 이야기를 해준 사람은 여인숙 주인 여자였다. 그곳에 묵은 다음 날, 잠깐 외출했다가 들어왔는데, 내 방에 웬 노인이 옷을 벗고 누워 있었다. 깜짝 놀라 누구냐고 소리치자 여보, 나예요, 하고 괴상야릇한 목소리를 냈다. 영락없이 젊은 여자가 교태를 부릴 때 내는 소리였다. 온몸에 소름이 돋는 듯했다. 내가 황급히 문을 열고 나가자 노인은 어딜 가, 나를 두고 또 어딜 가, 하고 무릎걸음으로 쫓아 나왔다. 겁에 질린 나는 큰 소리로 여인숙 주인 여자를 불렀다. 낮잠을 자고 있었던 듯 하품을 물고 나온 여자는 그러나 별로 놀

라는 기색이 아니었다. 저 양반이 또, 아유, 왜 저러신
대…… 하며 노인을 다독여서 105호로 데리고 들어갔
다. 잠시 후에 105호 문을 밖에서 걸어 잠근 여자가, 늘
저러는 건 아니고, 아주 가끔 저래, 보통은 대체로 얌전
히 방 안에 틀어박혀 지내는데, 걷지도 못하거든, 김 중
사가 고생이지, 세상에 그런 남자가 어딨어…… 하고
혼잣말처럼 중얼거린 다음, 의아해하고 서 있는 나에
게 김 중사와 그 노인의 사연을 들려주었었다.

　내가 폐병 환자라는 걸 신통하게 알아맞힌 그 위인
이 농장에서 일한다는 건 알고 있었다. 그러나 그 사
람이 영화농장의 문을 열어주러 나오리라고는 상상하
지 못했다. 반갑다기보다 당황스러웠다. 뭔가? 그는
용건을 말하라는 듯 내 눈을 빤히 쳐다보았다. 문을 열
어줄 기미는 보이지 않았다. 스쿠터가 시끄럽게 부르
릉거리고, 뒤따라온 개가 이빨을 드러내며 짖었다. 저
기…… 나는 무슨 말을 해야 할지 몰라 머뭇거리다가
순간적으로 손에 들고 있던 신문을 펼쳐 보였다. 기호
2번의 얼굴을 손가락으로 가리키면서 만날 수 있을까
요? 했다. 그는 내 얼굴에서 눈을 떼지 않은 채 고개를

저었다. "농장에 일자리를 얻으러 온 게 아니었어? 선거와 관계된 일이라면 사무실로 가보라고. 읍내에 있으니까. 희망전자 대리점 2층이야." 말을 해놓고 그는 또 탐색하듯 내 눈을 똑바로 쳐다보았다. 나는 지난번에 그랬듯 이번에도 손을 저었다. 싱거운 친구로구먼. 그는 비난하듯 내뱉고는 스쿠터에 올라타버렸다. 그가 안쪽으로 사라진 다음에야 문을 열어달라고 할 걸 그랬다는 후회가 생겼다. 농장에서 일을 하러 온 사람에게만 문이 열린다면, 일자리를 구하는 자의 신분을 위장할 수도 있는 일 아닌가. 실제로 농장에서 일을 해보는 것도 나쁘지는 않을 것 같은 생각이 들었다. 농장에서 일을 한다면 그를 쉽게 자주 만날 수 있을 것이다. 그러나 나는 곧 그 생각을 지웠다. 무엇 때문인지는 잘 모르겠지만, 그런 신분으로 만나는 건 내가 원하는 게 아닌 것 같았다. 나는 일꾼이 아니라 아들로 맞서려고 했다.

그날 밤, 나는 꿈속에서 그 집 안으로 들어갔다. 나는 이마를 쇠문의 빗장에 가져다 대고 문을 열었다. 빗장에 어떤 장치가 내장되어 있어서 이마에 새겨진 암호를 인식하는 것처럼 여겨졌다. 문을 지키고 있던 남자(꿈속에서는 이상하게도 그 남자가 김 중사가 아니라 아버지였다)는 내가 문을 열고 들어가자 어디론가 사라져버렸다. 집은 넓고 환했다. 나는 잔디가 양탄자처럼 깔린 길을 지나 집의 내부로 들어갔다. 실내에는 방이 너무나 많았다. 문을 열면 방이 나오고 그 방의 사방에 또 문이 있어 열어보면 거기에 또 방이 만들어져 있었다. 방마다 비어 있었다. 방마다 내 방이라는 느낌이 들지 않았다. 나는 문을 열었다가 닫고 다른 문을 열기를 반복했다. 그러나 어떤 방도 내 방이라는 느낌을 주지 않았다. 어떤 방도 내 방이라는 느낌이 들지 않았으므로 나는 어느 방에도 앉을 수 없었다. 방들은 계속 나를 몰아냈다. 나를 받아들일 방을 계속 찾아다녔다. 누군가의 도움을 받고 싶어도 그럴 사람이 없었다. 문지기는 어디로 갔을까. 이 많은 방의 주인들은 다 어디로 가고 한 명도 보이지 않는 걸까. 아니, 이 방들은 도대체 누구의 방일까. 내 방은 어디 있는 것일까. 나는 초조하고 불안해졌다. 내 방이라는 느낌을 주는 방이 하나도 없는데도 문을 열어야 할 방은 끊임없이 나타났다. 끊임없이 방문을 여는데도 내 방은 아니었다. 나는 방 찾는 걸 포기하고 싶었다. 그러나 문은 계속 나타나고, 문이 나타나는 한 열지 않을 수 없었다……. 나는 쓰러질 것 같았다. 나는 미칠 것 같았다. 그만! 나는 소리 질렀다. 그만! 그만! 내 목소리에 놀라 깨어났다. 새벽 다섯시였다.

9

아침 일찍 영화농장을 한 바퀴 돌았다. 작정하고 나
선 건 아니었다. 새벽에 깨어 다시 잠들지 못하고 뒤척
이다가 갑갑한 기분을 견디지 못하고 밖으로 나간 것
이 원인이었다.

소리를 지르며 꿈에서 빠져나온 나는 한동안 어리둥
절한 상태로 앉아 있었다. 맥박이 빠르게 뛰는 게 느껴
졌다. 꿈에서 빠져나왔는데도 여전히 수없이 많은, 내
것이 아닌 방들로부터 벗어나지 못한 것 같았다. 어떤
문인가가 열리고 또 방이 나타날 것만 같았다. 너무 많
은, 내 것이 아닌 방은 공포나 다름없었다. 그 때문에
불을 켤 수 없었다. 나는 무슨 일을 해야 할지 알지 못

한 채로 무슨 일인가를 해야 한다는 강박에 시달렸다. 아니, 방들의 미로에서 벗어나기 위해 무슨 일인가를 하려고 했다. 새벽 다섯시는 불안한 시간이다. 생각은 많아지고 판단은 오락가락한다. 한 번도 생각나지 않던 것이 생각나고, 도무지 중요할 것 같지 않은 일이 천하만큼 중요해진다. 무슨 조화인지 언젠가 읽은, 그렇지만 언제 읽었는지도, 누가 쓴 것인지도 분명하지 않은 누군가의 여행기가 그 순간 불쑥 떠올랐다.

한때 작가 지망생이었던, 그러나 지금은 한 이동통신회사에서 국제 업무를 담당하고 있는 그 사람은 일주일 일정의 독일 출장길에 하루 시간을 내서 프라하에 갔다. 드레스덴에서 프라하까지 기차를 타고 국경을 넘었다고 했다. 카프카의 흔적을 찾아보는 것이 그의 여행의 유일한 목적이었다. 그는 카프카가 쓴 모든 책들의 독자였다. 그는 한때 측량기사가 되고 싶어 했는데, 그것은 카프카의 한 소설의 주인공이 측량기사였기 때문이다. 그는 카프카 외에 프라하의 다른 어떤 것에도 관심이 없었으므로 하루 일정이면 충분하다고 판단했다. 그러나 그의 판단대로 되지 않았다. 우선 무

슨 이유인지 잘 생각이 나지 않지만(그 사람이 분명한 이
유를 밝히지 않았거나 내가 읽은 내용을 잊어버렸을 것이다)
기차가 두 시간이나 연착을 했다. 그는 체코어를 조금
도 할 줄 몰랐으므로 거리 이름과 간판을 읽을 수 없었
다. 관광안내소에는 젊은 남자 직원 혼자 관광객들을
상대하고 있었는데, 그의 도움을 구하려는 여행자들이
너무 많았고, 놀랍게도 직원은 영어가 서툴렀다. 다른
여행객들을 상대할 때 사용하는 언어로 보아 독일어는
능숙하게 구사하는 것 같았다. 그러나 영어는 잘 알아
듣지도 못했다. 반면에 내가 읽은 여행기의 저자는 불
행하게도 영어는 웬만큼 했지만 독일어는 깡통이나 다
름없었다. 발음은 할 줄 알았지만, 그 발음에서 뜻을 추
려내지는 못했다. 그의 손에는 프라하에 대한 가이드
북도 없었다. 출장길에 오를 때 프라하 여행을 계획하
지 않았기 때문에 준비를 하지 않았었다. 그는 어쩔 수
없이 영어가 서툰 프라하의 관광안내인에게 덩달아 서
툰 영어로 '카프카의 집'에 가려면 어떻게 해야 하는지
물었다. 그는 카프카의 이름만 대면 만사가 해결될 거
라는 기대를 막연하게 가지고 있었다. 세계가 다 읽고

영향을 받은 위대한 작가가 아닌가. 이 많은 관광객들이 무엇 때문에 프라하에 찾아오겠는가. 그에게 프라하는 단지 카프카의 도시였을 뿐이었으므로 웅장하고 아름답고 오래된 구시가지의 건물들이나 프라하성이나 카를교의 야경이나 〈몰다우〉의 작곡가 스메타나나 밀란 쿤데라의 『참을 수 없는 존재의 가벼움』이나 프라하의 봄의 진원지였던 바츨라프 광장에 대한 기억 때문에 프라하를 찾는 사람이 있을 거라는 생각을 하지 못했다. 그랬으므로 그는 카프카를 찾는다고 하는데도 고개를 갸우뚱하는 그 남자가 여간 이상하지 않았다. 처음에는 자신의 영어 발음을 알아듣지 못하는 것이 아닌가 하는 의심을 하긴 했지만, 몇 차례 대화를 주고받으며 꼭 그렇지도 않은 것 같다는 느낌을 받았다.

마침내 체코의 젊은 관광안내소 직원은 손바닥만 한 지도를 한 장 펴놓고 한 지점에 동그라미를 했다. 그리고 바로 역 앞에서 그곳으로 가는 버스를 타라고 했다. 약간은 미심쩍어하면서, 그러나 믿지 않을 다른 도리가 없었으므로, 그는 그 사람이 안내해준 대로 버스를 타고 구시가 광장 근처로 가서 오래된 건물들을 양쪽에 거느린 골목을 헤집고 다니며 카프카의 집을 찾았다. 지도는 꽤 정확했지만 카프카의 집은 찾아지지 않았다. 골목으로 들어가면 다른 골목이 나왔다. 어느 골목에나 세계 각지에서 온 다양한 모습의 관광객들이 떼를 지어 몰려다녔다. 이 골목 저 골목 헤매고 다닌 끝에 사람들의 왕래가 비교적 적은 골목에서 '카프카'라는 이름의 카페를 하나 만났다. 그는 그 앞에서 우선 사진을 찍고 다시 집을 찾아다녔다. 골목으로 들어가면 다른 골목이 나오고, 새로운 길이다 싶어 찾아 들어가면 이미 왔던 길이 나왔다. 카프카의 집은 나타나지 않았다. 피곤하고 지친 그는 영어가 서툰 관광안내소 직원을 원망하기에 이르렀다. 피곤하고 지친 게 문제가 아니었다. 어느 순간 그는 시계를 보았고, 드레스덴으로 가는 기차 시간을 떠올렸다. 기차 시간까지는 한 시간밖에 여유가 없었다.

마음이 급해진 그는 지나가는 백인 관광객을 붙잡고 카프카의 집에 대해 물었다. 오십대 후반쯤의, 머리가 희고 배가 볼록 나온 큰 체격의 백인 남자는 여기 어디에 생가가 있다는 말은 들었지만, 자기도 찾지 못했다고 했다. 그렇지만 프라하성으로 올라가는 황금소로에 있는 카프카의 집은 보고 오는 길이라고 했다. 당황한 그는 카프카의 집이 여러 개냐고 물었다. 백인 남자는, 그 양반, 프라하에서만 평생을 살았잖아요, 하고 반문한 후 광장 근처에만 대여섯 개쯤 있는 것으로 알고 있다고 대답했다. 그러면서 직스트하우스와 오펠트하우스, 하우스배 같은 이름을 읊었다. 그것들이 모두 카프카가 살았던 집의 이름이었다. 영국에서 왔다는 백인 남자는 누군가를 도와줄 수 있다는 데 신바람이 났는지 자기가 가지고 있는 큰 지도를 펼쳐놓고 손가락으로 짚으며 설명을 이어갔다. 그의 귀에는 그 친절한 남자의 설명이 잘 들어오지 않았다. 그가 기차표를 예매해두었는데 시간이 얼마 남아 있지 않다고 말하자 남자는 망설이지도 않고, 그렇다면 여기서 헤매지 말고 곧바로 황금소로로 가라고 권했다. 다른 데는 못 봐도 거기는 봐야 한다는 것이 그 영국 남자의 의견이었다.

남자의 의견에 동조해서가 아니라 선택의 여지가 없었기 때문에 그는 직스트하우스와 오펠트하우스와 하우스배를 포기하고 황금소로를 향해 걸었다. 카를교를 빠른 걸음으로 건너갔다. 저만치 언덕에 성이 보였다. 그는 성을 목표로 뛰다시피 걸었다. 친절한 백인 남자가 그에게 가르쳐주지 않은 것이 있었다. 광장 근처의 다른 집들과는 달리 황금소로의 카프카의 집은 걸어서 가기에는 꽤 시간이 걸리는 거리에 있었다. 바로 눈앞에 있는 것 같은데 거리가 단축되지 않았다. 거기다가 성으로 올라가는 길은 좁고 제법 가파른 오르막이었다. 올라가고 내려오는 관광객들로 좁은 길이 더 비좁았다. 걸음을 빨리했지만 카프카의 집은 쉽게 나타나지 않았다.

그는 언덕을 내려오는 사람에게 얼마나 가야 하는지를 물었다. 조금만 가면 된다는 말을 듣고 그는 조금 더 올라갔다. 그리고 멈춰 서서 시계를 보았다. 불안했다. 이번에는 근처 가게에 들어가서 역까지 얼마나 걸리는지 물었다. 가게 주인은 그가 내민 기차표와 벽에 걸린 시계를 살피더니 곧바로 택시를 타지 않으면 기차를 놓칠 거라고 말했다. 그 기차가 드레스덴으로 가는 그날의 마지막 기차였다. 프라하에서 기차를 놓치면 이튿날 프랑크푸르트로 가는 기차를 놓치게 되고,

프랑크푸르트에 가지 못하면 한국으로 가는 비행기를 놓치게 된다. 기차를 타지 않으면 안 되는 처지의 그는 어쩔 수 없이 프라하성과 카프카의 집이 올려다보이는 골목에서 몸을 돌려 내려갔다. 여기서 돌아가야 하다니⋯⋯. 아쉬움 때문에 몇 번이나 뒤를 돌아보긴 했지만 도로 언덕을 올라갈 수는 없었다. 오직 카프카를 만나기 위해 프라하에 갔다가 목전에서 카프카를 만나지 못하고 그냥 돌아온 경험담을 비교적 자세히 글로 쓴 그는 그 여행의 유일한 소득이자 증거품이라며 '카프카'라는 이름의 카페 간판 앞에서 찍은 자기 사진을 올려놓았다.

"나는 성에 다다랐지만 성안으로 들어가지 못한 그의 소설 속 측량기사와 처지가 같았다." 내가 기억하는 그 여행기의 마지막 문장이다.

그 새벽에 하필이면 그 여행기가 떠올랐을까. 어두운 신탁을 받은 것처럼 마음이 어지러웠다. 가슴이 쿵쿵 소리를 내고 맥박이 빠르게 뛰었다. 원치 않는 일을 하게 될까 봐 두려웠다. P나 어머니에게 전화를 하게 될지 모른다는 우려가 생겼다. P에게든 어머니에게든 전화를 하고 싶지 않았다. 나는 대충 겉옷을 걸치고 밖으로 나갔다. 아직 태어나지 않은 해가 희미한 빛을 동쪽 하늘에 분무처럼 퍼뜨리고 있는 시간이었다. 세상이 완전히 밝아지려면 적어도 한 시간은 기다려야 할 것 같았다. 충동적으로 나온 터에 미리 정해진 행선지가 있을 리 없었다. 그런데 마치 정해진 행선지가 있기라도 한 것처럼 걸음이 한 방향을 향해 나아갔다. 그 방향이 영화농장으로 가는 길이라는 걸 나중에야 알았다. 어디로 가는지 모를 때는 모르니까 내버려두었고, 어디로 가는지 알고 난 다음에는 어쩔 수 없다고 모른 체했다. 모른 체했다기보다 생각을 멈추고 묵묵히 걷기만 했다. 생각이 들어오는 걸 막으려고 발밑만 보고 걸었다. 걸음은 점점 빨라졌다. 나중에는 뛰고 있는 내 자신을 발견했지만 이상하게 생각하지 않았다. 사유지임을 알리는 표시로 빙 둘러쳐진 산울타리를 따라 한 바퀴 도는 데 두 시간이 더 걸렸다. 촘촘히 박힌 아카시아나무 가지에 새끼줄이 둘러쳐진 울타리는 튼튼하고 견고했다. 어떤 곳에는 쇠그물이 덧대져 있었다. 울타리 안에 여러 동의 건물이 있고 축사가 있고 과수원이 있고 묘목장이 있었다. 비교적 울타리가 허술한 곳에 눈을 대고 보면 안이 훤히 보였다. 나는 그곳에 서서 한참 동안 축사와 과수원과 묘목장과 건물들을 바라보았다. 크고 붉은 해가 기운차게 산을 뚫고 치솟아 오르는 모습을 보고는 그것이 무슨 신호라도 되는 양 서둘러 그곳을 벗어났다.

    한 번의 새벽 다섯시는 그렇게 넘어갔다. 그러나 새
벽 다섯시는 매일 찾아왔다. 나는 어느 날 새벽 다섯시
에 곧 후회하고 말 일을 했다. 이메일을 확인하고 P에
게 메일을 보낸 것이 그것이다. 어째서 새벽 다섯시, 그
불안정한 시간에 자꾸 눈이 떠지는 것일까. 생각은 많
아지고 판단은 오락가락하는 시간이 새벽 다섯시가 아
닌가. 한 번도 생각나지 않던 것이 생각나고, 도무지 중
요할 것 같지 않은 일이 천하만큼 중요해진다. 그 시간
에 잠자리에서 일어나 하루를 시작하는 부지런한 사람
은 다르겠지만, 무슨 이유로든 그 시간까지 잠들지 못
하고 있거나 내가 그런 것처럼 악몽을 꾸다 갑자기 잠

에서 깨어나 어둠과 마주한 사람에게 새벽 다섯시는
여간 거북한 시간이 아니다. 그것은 그 시간이 무엇을
할 수 있는 시간이 아니기 때문이다. 비유하자면 지하
의 시간. 밝아지기 전의 밤공기는 눅눅하고 무겁고 촘
촘하다. 땅속 좁은 굴속에서는 웅크리고 있는 것 말고
는 할 일이 없다. 할 일이 없지만, 없는데도, 아무 일도
하지 않으면 불안해서 안절부절못하게 된다. 불안하기
때문에, 할 일이 없음에도 불구하고, 후회하고 말 무슨
일인가를 결국 하고 만다. 밤에 쓴 편지는 부치지 못한
다는 말이 있거니와 새벽 다섯시에 쓴 편지는 더욱 부
치지 못한다. 부칠 수 없는 편지는 부치지 않게 되고,
그러면 문제될 것이 없다. 쓴 사실이야 후회하겠지만,
부치지 않았다면 크게 후회할 필요가 없고, 그러니 별
일 아니라고 해도 무방할 것이다. 그런데 밤이나 새벽
에 쓴 편지는 왜 부치지 못하는가. 쓴 시간과 부치는 시
간이 다르기 때문이다. 밤이나 새벽에 쓴 편지를 낮에
읽어보고 부치려 하기 때문이다. 쓴 시간은 밤이나 새
벽인데 그걸 부치는 시간은 낮이다. 그것이 이유이다.
밤이나 새벽에 쓴 편지를 밤이나 새벽에 부친다면? 편

지를 쓰자마자 곧바로 밖으로 나가 우체통에 집어넣기로 한다면, 어떤 밤이나 새벽에 쓴 편지도 부쳐지지 않을 수가 없다. 따라서 크게 후회할 일도 생기지 않는다. 그러나 아무도 그렇게는 하지 않았다. 왜냐하면 밤이나 새벽은 쓰는 시간이지 부치는 시간이 아니니까. 밤이나 새벽은 쓰기에 좋은 시간이지 부치기에 좋은 시간이 아니니까. 그러니까 이 호소력 있는 문장은 쓰는 시간과 부치는 시간이 구별되어 있던 시대의 잠언이다. 그러나 우리가 사는 세상은 우체통을 꼭 필요로 하지 않는다. 우체통 없이 편지가 오간다. 어두운 밤공기를 뚫고 우체통을 찾으러 나가지 않고도 편지를 부칠 수 있다. 나는 낮에 우체통을 찾아 나서야 한다면 보내지 않았을 편지를 앉은 자리에서 단 한 번의 클릭으로 보내고 말았다.

피시방을 찾아가지 않았으면 좋았을 텐데. 그러나 새벽 다섯시의 불안한 공기는 아무것도 할 일이 없을지라도 무엇이든 하라고 밀어붙였고, 이를테면 잠이라도 자라고 강요했고, 나는 어떻게든 다시 잠들기 위해 누웠다가 잠들지 못하고 일어나 재킷을 걸치고 밖으로 나갔다. 바깥 공기를 쏘이는 편이 나을 것 같다는 판단을 했지만 대뇌의 지배를 받지 않는 내 걸음이 언젠가처럼 저절로 농장을 향할까 봐 잔뜩 긴장을 하며 반대쪽으로 방향을 잡았다. 거리는 아직 깨어나지 않았다. 어두웠고, 어김없이 바람이 불었고, 사람은 보이지 않았고, 아주 가끔 자동차가 빠른 속도로 지나갔다. 그 시간에 목적지를 향해 달리는 자동차가 있다는 것이 의구심을 불러일으켰다. 어딘가 갈 곳이 있단 말인가. 그 시간에는 예정표와 목적지, 정상적인 궤도를 가진다는 것이 마땅하지 않은 것처럼 여겨졌다. 불시착, 혹은 표류. 그런 것이 어울리는 시간이었다. 이를테면 내가 그런 사람이었다. 나는 여기에 왜 있는가. 무엇을 위해 여기에 있는가. 존재한다는 것은 단순한 공간의 점유가 아니다. 예정표와 목적지와 궤도……. 존재는 그런 것들로 구성되어 있고, 그런 것들에 의해 명명된다. 나는 우주를 둥둥 떠다니는 것처럼 느꼈고 어디에도 존재하지 않는 것처럼 느꼈다. 그때까지 불을 밝히고 있는 피시방으로 서둘러 몸을 감추듯 들어가면서 나는 심한 외로움을 느꼈다. 천내의 아늑한 숲길과 잣나무 향이 그리웠다. 그곳에서라면 존재할 수 있을 것 같았다.

P는 메뚜기 배 속에서 자라는 연가시라는 유선형동
물에 대해 말했다. 연가시 유충은 메뚜기가 뜯어 먹는
풀에 달라붙어 있다가 풀과 함께 메뚜기의 배 속으로
들어간다. 그 속에서 영양분을 공급받으며 자란 이 벌
레는 성체가 되면 메뚜기의 똥구멍을 통해 세상으로
나온다. 그녀는 조간신문에 실린 한 생물학자의 글에
서 그 이야기를 읽었다고 했다.

피시방은 어둑어둑했고, 퀴퀴한 냄새가 났다. 군인
처럼 짧은 머리의 남자가 감고 있던 눈을 떠서 아무 자
리나 앉으라고 하고는 도로 눈을 감았다. 군데군데 모
니터 화면이 내뿜는 불빛이 보였다. 서너 명의 젊은이
들이 모니터 앞에 앉아 손가락을 놀리고 있었다. 액션
게임을 하는 듯 쿵쾅거리는 소리가 들렸다. 그런데도
무덤 속에 들어앉은 것 같은 기분이 들었다. 전원을 넣
자 마치 셀로판지를 통과한 것과 같은 푸른빛이 어슴푸
레하게 퍼졌다. 나는 습관적으로 메일함을 열었다. P가
보낸 세 통의 편지를 담고 있는 모니터가 우체통처럼

여겨졌다. 그녀는 투덜거리고 징징대고 협박했다. 그녀는 평소 대화할 때의 말투 그대로 편지를 썼다. 그녀의 투덜거림과 징징거림과 협박은 익숙한 것이었고, 따라서 나는 놀라거나 당황하지 않았다. 그녀는 나의 무관심과 무신경을 도가 지나친 것이라고 경고한 다음 자신이 취할 가능성 있는 두 가지 행동을 예고했다. 하나는 일주일 안에 모르는 남자와 선을 본 다음 한 달 안에 결혼을 하는 것이었고, 다른 하나는 내가 있는 곳으로 쳐들어오는 것이었다. 그녀에게는 좀 미안하지만, 첫 번째 경고는 전혀 위협이 되지 않았고, 두 번째 경고는 꽤 신경이 쓰였다. 그녀를 오게 할 수는 없었다. 나는 무슨 말인가를 해서 혹시 감행할지도 모르는 그녀의 충동을 막아야 한다고 생각했지만 무슨 구실을 대야 할지, 그런 게 효과가 있을지 확신이 서지 않아 망설였다.

나로 하여금 답장을 쓰게 한 결정적인 것은 메뚜기 배 속에서 자라는 연가시를 언급하고 있는 마지막 편지의 내용이었다. 그녀는 배가 불룩해진 메뚜기가 양지바른 언덕배기가 아니라 물가를 찾아가는 이유를 아느냐고 묻고 이내 스스로 대답했다. 기생충에 다름 아닌 연가시가 자기가 원하는 곳으로 숙주인 메뚜기를 끌고 간다는 것이었다. 잘 생각해봐, 혹시 기생충에게 끌려다니고 있는 것이 아닌지, 라고 쓴 다음 그녀는, 내가 찾으려고 하는 아버지가 기생충이라는 의미는 물론 아니라고 덧붙였다. "아버지가 아니라 아버지에 대한 정체를 알 수 없는 자기의 갑작스러운 집착 말이야. 그곳이 자기가 정말로 원한 것이 아니라 우연한 기회에 유의 배 속에 들어가 성장한 기생충이 원해서 찾아간 물가가 아닌가 의심해보라고 하는 소리야. 자기를 믿지만, 이런 모습, 처음이잖아, 그냥 걱정되어서 그래." 내가 좀 당황한 것은 희미하고 막연한 채로, 얼마 전부터 나의 내부에서 그런 의심이 아주 가끔씩 싹트기도 했던 것 같다는 깨달음 때문이었다. 인정하고 싶지 않았기 때문에 그 의심의 싹이 고개를 내밀기 무섭게 황급히 짓밟으려고 한 것도 같았다. 내가 나의 의지에 따라 적극적으로 무엇을 찾아다니는 것이 아니라 무엇이 나를 끌고 다니는 건지 모른다는 생각은 나를 불편하게 했다.

그 순간 작가의 소명에 대해 언급한 한 작가의 글이 오버랩되어 떠올랐다. 페루 출신의 마리오 바르가스 요사는 인간의 육체를 숙주로 삼고 기생하는 긴촌충과 마찬가지로 문학적 소명이란 것도 작가의 삶을 먹고 산다고 했다. 그는 그의 책에서 자기가 알고 있는, 화가이자 영화감독인 한 남자가 한 말을 소개했다. "우리(나와 내 몸속의 촌충)는 아주 많은 것을 함께한다네. 극장과 전시회에 가고, 서점에 들르며, 여러 시간 동안 정치, 책, 영화, 친구에 대해 토론하지. 그러나 내가 이 일들을 나의 즐거움을 위하여 한다고 생각하면 오산일세. 나는 오로지 그를 위하여, 다시 말해 나의 촌충을 위하여 그 일들을 한다네. 그렇게 느껴져. 이제 나는 나를 위해 사는 게 아니라 내 속에 있으며 내 주인 행세를 하는 촌충을 위해 사는 셈이네." P가 언급한 메뚜기 배 속의 연가시는 때가 되면 몸 밖으로 나오지만 작가의 촌충은 몸 안에 붙어 몸의 일부가 된다. 몸 밖으로 나오지 않고 몸의 일부가 된 것에 대해서는 더불어 사는 것 말고 다른 방법이 없다. 나는 '답장하기'를 클릭하고 충동적으로 글을 썼다.

……몸속에 촌충을 거느리고 있는 그 영화감독은 쉴 새 없이 먹는다고 한다. 촌충이 원하기 때문이다. 쉴 새 없이 먹지만 그의 몸은 점점 야위어간다. 그가 음식물을 탐하는 것이 촌충의 식욕 때문이라는 걸 그는 안다. 그렇다고 그가 먹는 걸 중단할 수 있을까. 촌충의 욕망에 저항하기 위해서 음식물 섭취를 끊는다면 죽는 건 누구일까. 촌충만을 위해 먹는 것이 아니다. 그는 먹지 않을 수 없기 때문에, 먹지 않으면 안 되기 때문에 먹는 것이다. 이렇게 되면 촌충의 욕망은 그의 욕망과 구별되지 않는다. 바르가스 요사는 말한다. 촌충과 그는 이미 한 몸이 되어버린 거라고. 애초에 촌충이 몸 안에 들어오지 않았으면 좋았을 것이다. 그러나 불행하게도 촌충이 몸 안에 들어온 이상 더불어 사는 것 말고 다른 길은 없다. 이 촌충은 안타깝게도 메뚜기 배 속에 들어간 연가시와는 달리 몸 밖으로 나가지 않는다. 촌충은 몸의 일부다. 촌충이 원하는 것은 그가 원하는 것이다. 그는 살아야 하고, 살기 위해 촌충의 의지에 따라야 한다. 나는 그 영화감독과 처지가 같다. 너의 말이 맞다. 나는 끌려다니고 있는 것 같다. 나는 노예가 된 것

같다. 주인 행세를 하는 그 욕망을, 그러나 구별해서 떼어낼 수 없다. 떼어내려면 구별해야 하는데, 구별할 수 없으니 어떻게 하냐. 내가 곧 그 욕망인데 어떻게 하냐. 몸 안에 받아들이지 않았으면 좋았겠지만 받아들인 이상 어쩔 수가 없다……

충동적으로 쓴 글을 충동적으로 보냈다. 이곳으로 오지 못하게 하려는 내 의도와는 달리 혹시 그녀의 방문을 부추긴 것이 아닌가 하는 우려가 일었지만, 다시 편지를 쓰고 싶지 않아 손을 놓았다. 무엇 때문인지 몹시 피곤하고 외로웠다. 엉뚱하게도 누군가에게 전화를 걸고 싶은 마음이 다 생겨났다. 새벽이 불안한 시간이라는 걸 다시금 실감하며 피식 웃고, 마우스를 움직였다. 건성건성 뉴스를 검색하고 사이트들을 기웃거리며 인터넷 공간을 떠돌아다녔다. 피시방의 의자는 허리를 거의 눕혀도 될 정도로 유연했다. 잘하면 잠 속으로 들어갈 수 있을 것도 같았다. 그럴 수 있다면 마다할 이유가 없다고 생각하며 나는 조심스럽게 눈을 감았다. 그러자 눈동자를 덮은 눈꺼풀이 바들바들 떨렸다. 잠이 들면 눈꺼풀이 잠잠해질 것이다. 설령 바들

바들 떨린다고 해도 감지하지 못할 것이다. 이제 잠들 수 있다. 잠들었다가 일어나면 나는 전혀 다른 사람이 되어 있을 것이다. 나는 스스로에게 최면을 걸었다.

어렴풋하게 잠의 너울을 들췄는가 싶은 어느 순간 문득, 아버지를 찾기 위해 이곳에 왔다는 말을 그녀에게 한 기억이 없다는 사실이 떠올랐다. 나는 그녀에게 아버지에 대해 어떤 말도 한 적이 없었다. 그야 물론 아버지에 대해 아는 것이 아무것도 없기 때문이었다. 얇은 기억이다. 기억할 경험이 없으니 아는 것도 없을 수밖에. 아는 것이 없으니 말할 것도 없을 수밖에. 이곳에 올 때 나는 그저 짧게 요양이라고만 했다. 아버지라는 단어조차 입에 올리지 않았다. 그렇다면 P는 어떻게 그 사실을 알았을까. 문득 머리카락이 곤두서는 느낌이 들었다. 외삼촌 말고는 내가 여기 있는 걸 아는 사람이 없다. 그렇지만 그녀는 외삼촌을 알지 못한다. 아버지에 대해 그런 것처럼 나는 외삼촌에 대해서도 그녀에게 말한 적이 없다. 어머니가 그녀에게 알려주었을지 모른다는 가정을 하려면 어머니가 알고 있다는 걸 전제해야 한다. 그리고 어머니가 알고 있다는 걸 전제하려면, 내가 직접 알리지 않았으므로, 외삼촌이 알려주었을 거라는 추측을 전제해야 한다. 외삼촌은 어머니에게 사실을 이야기했을까. 어머니는 외삼촌을 통해 내가 아버지를 찾고자 하는 설명할 수 없는 충동에 사로잡혔다는 이야기를 들었을까. 그 설명할 수 없는 충동에 대해 설명했을까. 어머니는 듣고서도 가만히 있었을까. 심지어 P에게 알려주기까지 했을까. 믿어지지 않았다. 어머니라면, 무엇 때문인지 모르지만 그렇게 하지 않을 것 같았다. 어떻게 반응할지 예측하긴 어렵지만, 나의 행동을 반기지는 않을 것 같다는 생각이 들었다. 불편해하고 실망할 거라고, 어쩌면 몹시 언짢아하며 화를 낼지도 모른다고 생각했다. 내가 어머니에게 사실을 밝히지 않은 것도 그 때문이었다. 어머니에게 아버지는 존재하지 않은 사람이었으니까. 아니, 그녀 자신이 아버지이기도 했으니까. 옛날이든 지금이든 아들이 어떤 결핍을 느끼는 걸 이해하지 못할 수도 있으니까.

그렇지만, 그렇기 때문에 더욱, 나는 어머니가 알고 있을 거라는 결론을 내릴 수밖에 없었다. 하루가 멀다

하고 전화를 해서 이것저것 챙기던 어머니가 벌써 닷새째 나를 찾지 않는 것은 그에 대한 가장 확실한 증거에 다름 아니라고, 나는 비로소 생각을 정리했다. 문제는 어머니가 그 침묵으로 나에게 어떤 메시지를 던지고 있는지 헤아리기가 쉽지 않다는 데 있었다. 전화를 걸어 그 뜻을 묻는 짓은 어쨌든 할 수 없었다. 나는 어둡고 눅눅한 피시방을 빠져나와 마치 목적지를 가지고 정해진 궤도를 질주하는 자동차처럼 전속력으로 달렸다. 갓 태어난 부드러운 햇살이 거미줄처럼 세상을 덮고 차가운 공기는 몸에 부딪혀 파편처럼 부서졌다.

11

여인숙에 배달된 지역신문에서 시간과 장소를 확인
했다. 초등학교 운동장이 유세장이었다. 밥상에 마주
앉은 주인 여자는 탐색하는 듯한 눈빛으로 나를 보았
다. 치켜뜬 눈에 질문이 가득 들어 있었다. 질문의 내
용을 대강 짐작할 수 있을 것 같았다. 하는 일 없이 빈
둥거리거나 거리를 쏘다니다 늦은 시간에 들어와 방에
틀어박히는 외지인이 한심하게 보일 만했다. 언젠가는
영화농장에 사람을 찾으러 왔다고 한 말을 기억하고
농장에 갔다 왔느냐고 물었다. 나는 말없이 웃기만 했
다. 옆에 있던 김 중사가 밥알을 씹으며 입구까지는 왔
었지, 하고 내 대신 대꾸했다. 그러고는 생각난 듯 밥알

을 다 삼킨 다음에 물었다. "선거 사무실에 가봤나?" 그는 내가 여기 온 것이 선거와 관계되어 있다고 간주한 듯했다. 이번에도 나는 말없이 웃기만 했다. 여인숙 아주머니가 알 만하다는 듯 고개를 끄덕였다. 그렇지만 나는 그녀가 알 만한 것이 무엇인지 짐작할 수 없었다. 그날 이후로도 나는 할 일 없이 빈둥거리거나 쏘다니기를 반복했고, 그녀는 그런 투숙객을 여전히 미심쩍어했다.

다른 날과 달리 오전 일찍 외출 준비를 하는 내가 더 이상한지 그녀는 한층 의심스럽다는 눈빛으로 힐끔거렸다. 만일 어디를 가느냐고 물어 온다면 유세장에 갈 거라고 대답해줄 준비가 되어 있었다. 어쩌면 은근히 물어주기를 바라고 있었는지 모르겠다. 그러나 그녀는 의혹의 눈길만 보낼 뿐 묻지 않았고, 나는 신문에서 시간과 장소를 재확인하고 여인숙을 나섰다.

햇빛이 내리비치는 운동장에는 주로 나이 든 사람들이 띄엄띄엄 몰려서 있었다. 더러는 가장자리의 벤치에 느긋하게 앉아 있었다. 나는 철봉대에 비스듬히 몸을 기대고 섰다. 대체적인 분위기는 심드렁하다고까지

해야 할지 모르겠지만 열기는 느껴지지 않았다. 선거
운동원들 말고 들뜬 사람은 없었다. 어깨에 띠를 두른
운동원들이 정문에서 입을 맞춰 인사를 하고 구호를
외쳤다. 연설이 시작된 후에는 자기들이 지지하는 후
보가 연설을 할 때만 박수를 치고 가끔 환호를 보냈다.
기호 2번의 선거운동원들은 파란색 모자를 쓰고 파란
색 띠를 두르고 있었다. 기호 2번은 세 번째로 연설을
했다. 그는 경제학과를 졸업한 후에 장교로 군대에 갔
다가 20년이 넘도록 군복을 벗지 않은 이력을 내세우
면서 나라를 지키기 위해 푸른 제복과 함께 젊음을 바
친 애국자로 처신했다. 휴전선에서 가장 가까운 도시
의 주민들에게 군대 경력을 내세운 그의 안보에 대한
강조가 나름대로 호소력이 있을 거라는 생각을 하며
나는 그의 연설을 들었다. 20년 넘게 입고 있던 군복을
벗고 고향에 정착하여 농장을 경영하고 있다는 말을
하는 대목에서 그는 우리 삶의 젖줄이나 마찬가지인
농업과 고향에 대한 뜨거운 애정을 과장되게 드러냈
다. 그 과정에서 농산물가공업협회 회장과 농민을 위
한 정책포럼 대표, 영화농장 공동대표, 사단법인 애국

시민회 지부장 같은 직함들이 자연스럽게 거명되었다. 가끔 두 팔을 번쩍 들고 여러 차례 흔들었다. 만세를 부르는 것 같기도 하고 눈에 보이지 않는 역기를 올렸다 내렸다 하는 것 같기도 했다. 목소리는 기름졌고, 얼굴은 햇빛을 받아 번들거렸다. 파란색 모자를 쓴 10여 명의 운동원들 말고 박수를 치는 사람은 거의 없었다. 나 역시 감흥이 일지 않기는 마찬가지였다. 그는 나와 상관없는 사람처럼 생각되었다. 어떤 순간에는 유세장을 찾아온 자신이 한심하다는 생각도 들었다. 벤치에 앉아 있던 사람들 가운데 누군가, 말은 그럴듯하게 하는구먼, 하고 빈정거리는 투로 말했다. 곁에 있는 누군가 낄낄거리며 웃었다. 묘한 분위기를 거느리고 있는 웃음소리였다. 다 알고 있기 때문에, 반문이나 심지어 동조의 말을 덧붙이는 것조차 필요하지 않다는 의사를 전달하고 있는 듯했다. 무엇 때문인지 얼굴이 화끈 달아올랐다. 아무 상관이 없다고 생각했던 것은 짐짓 그냥 해본 생각에 불과했을까. 확실한 것은 그들이 알고 있는 것을 나도 알기 때문은 아니었다. 나는 그들 두 사람이 같이 알고 있는 것이 무엇인지 알지 못했다. 나는

그들의 얼굴을 확인하기 위해 고개를 돌리고 싶은 욕
구를 힘들게 참아냈다. 그 대신 귀를 기울여 목소리를
채집하고자 했다. 별 달 주제가 안 되니까 옷을 벗은 거
겠지. 부대에 사고가 생겨서 안 벗을 수가 없었다는 말
도 들리던데. 고향? 저 친구가 고향을 위해 한 일이 뭐
가 있어? 그러니까 이제부터 일 좀 하겠다고 표를 달라
는 거잖아. 농장도 그래, 그게 어디 자기 거야? 운이 좋
은 건지, 여자 후리는 재주가 좋은 건지, 그 드센 여자
가 어떻게 저 작자에게 넘어갔는지 몰라. 넘어갔을까,
그 여장부가? 난 그렇게 생각 안 해. 저자야 허깨비라
고 봐야지. 그 여자가 어떤 여잔데. 명색이 공동대표잖
아. 그거야 남자 체면 세워주느라고 그런 거지, 뭐. 영
화농장 대표 명함이라도 있으니까 시시껄렁한 무슨 무
슨 단체들 거느릴 수 있는 거 아니겠어. 단체장 선거에
출마한 것도 그렇고. 그러니까 사실 훌륭한 것은 저자
가 아니라 저자 뒤에 있는 안영화 여사라고, 안 그래?
두말하면 잔소리지. 그런 마누라 만날 팔자는 따로 있
나. 그것도 두말하면 잔소리라고 해야겠지…… . 뒤에서
들리는 목소리에 신경을 쓰느라 나는 연설을 거의 듣

지 못했다. 그 사이에 기호 2번의 연설이 끝나고 1번 후보자가 연단에 서 있었다. 벤치에 앉은 사람들이 이번에는 1번에 대해 떠들었다. 두서가 없고 맥락이 뒤섞였지만 기호 1번이 가까운 도시의 2년제 대학 이사장이며, 대학 캠퍼스를 비롯해서 그 일대 땅을 모두 자수성가한 아버지로부터 물려받았고, 여러 면에서 아버지와는 비교가 되지 않을 정도로 인물이 떨어지며, 얼마 전에는 그 대학이 교수 자리를 돈 주고 판다는 소문이 나돌았다는 내용이 들렸다. 후보자들에 대한 소문과 촌평이 이어졌다. 제공할 가십거리를 가지고 있지 않은 사람은 단체장 선거에 출마할 자격이 없는 것 같은 생각이 들게 했다. 심지어 가십거리를 많이 제공하는 자가 더 많은 지지를 받을 거라는 착각이 들 정도였다.

연설이 끝났다. 후보자들이 그때까지 떠나지 않고 남아 있는 사람들을 찾아다니며 악수를 하고 지지를 호소했다. 기호 2번도 마찬가지였다. 사람들은 건성으로 손을 내주었다. 나도 건성으로 손을 내주었다. 그러나 기호 2번에게는 그럴 수 없었다. 나는 그의 눈을 똑바로 쳐다보았다. 그 순간 내 안에서 어떤 기대가 꿈틀

거렸다. 내 얼굴을 보자마자 그가 나를 알아봐준다. 그
럴 수 있는 일 아닌가. 그러면 어떻게 하겠다는 작정 같
은 건 없었다. 알아봐주는 것이 좋은지 어떤지, 그것이
내가 정말로 원하는 것인지 아닌지도 판단이 서지 않
았다. 마음 한쪽에서는 그런 일이 정말로 일어날까 봐
조마조마하고 있기도 했다. 그런데도 그런 기대가 내
안에서 움찔거렸다는 건 무얼까. 잘 부탁합니다, 하고
만면에 웃음을 담은 그가, 내 손을 잡은 채, 남에게 하
듯 나에게 말했다. 열심히 하겠습니다, 라는 말도 했다.
그 말이 끝나기 전에 나는 내 이름을 알렸다. "한명재입
니다. 제가 한명재입니다." 아, 네……. 형식적으로 고
개를 주억거리며, 그는 내 손을 놓고 다른 사람에게도
옮겨 가려고 했다. 이상한 의욕이 발동했다. 나는 그를
잡은 손에 힘을 주며 다시 한번 나를 알렸다. 한명재입
니다. 나에게는 그를 당황하게 할 의도가 없었지만 그
는 조금 당황한 것 같았다. 눈동자가 커지고 눈꺼풀이
몇 차례 빠르게 열렸다가 닫혔다. 기억을 더듬으려고
하는 것도 같고 상황을 파악하려고 하는 것도 같았다.
아주 짧은 시간이었다. 그러나 내게는 그 시간이 29년

처럼 길게 느껴졌다.

그의 더듬이가 무엇을 찾아내고 어떤 파악을 했는지 나는 모른다. 그는 웃음을 거두지 않은 채 무엇을 긍정하는지 알 수 없지만 몇 차례 고개를 끄덕였다. 그러나 웃음과 악수는 물론이고 그 고갯짓도 단지 의례적인 것이고 마음이 전혀 들어 있지 않은 관습적인 몸짓에 지나지 않다는 것을 나는 이내 깨달을 수 있었다. 우리는 화내는 표정의 가면을 향해 싸움을 걸지 않는 것처럼 웃는 표정의 가면을 향해 호감을 표하지도 않는다. 그것은 가면이 스스로 화를 내거나 웃을 수 없기 때문이다. 사람은 살갗 안쪽의 근육을 이용해 표정을 만든다. 그 근육과 살갗을 움직이는 것은 마음이다. 표정은 마음에서 우러나오는데 가면은 마음을 가지고 있지 않다. 가면은 다만 덧씌워질 뿐이다. 마음의 지배를 받지 않기 때문에 견고한 것이 가면이다. 그의 표정은 흐트러지지 않았다. 그것은 물론 가면이기 때문이라고 나는 생각했다. 만면의 웃음을 그대로 유지한 채 그는 손을 빼려고 했다. 그는 더 많은 사람의 손을 잡아야 하는 사람이었다. 더 많은 손을 잡으면 더 많은 표가 생길 거라는 어떤 부류의 생각을 착각이라고 비난할 수만은 없다. 나는 비난하는 대신 잡은 손에 조금 더 힘을 주었다. 내 손에 힘이 들어간 걸 그가 알아챘다는 걸, 나는 움찔 치켜 올라갔다 내려온 눈썹에서 눈치챘다. 그러나 그는 더 이상의 내색은 하지 않았다. 주변 사람들을 향한 웃음을 그대로 유지한 채로 그가 말없이 자신의 왼손을 내 손등 위에 놓더니 지그시 눌렀다. 힘을 거의 주지 않은 것 같은데도 손등에 통증이 전해져 왔다. 그는 너무 쉽게 내 손을 풀어냈다. 잡힌 자리가 얼얼했다.

그는 나를 무시했다. 아니면 정말로 알아보지 못했을까? 얼굴을 보자마자 나를 알아볼 거라는 기대는 정말 터무니없는 것이었다. 기대 대신 이번에는 알 수 없는 오기 같은 것이 솟구쳤다. 그가 너무 쉽게 내 손을 풀어냈기 때문이었을까. 나는 잠깐만, 하고 소리쳐서 두 걸음 정도 내디뎌 다른 사람의 손을 잡고 있는 그를 불렀다. 그는 못 들은 체했다. "한명재예요, 내가. 한길숙의 아들. 생각나세요? 한길숙?" 잠깐 그의 몸이 굳었다가 풀리는 게 느껴졌다. 아니, 사실은 아무런 반응도 보이지 않았는지 모른다. 그럴 거라고 미리 상상한 나머지 착각했을 수도 있었다. 그가 보여야 마땅한, 보였으면 싶은 어떤 반응을, 무의식 속에서 상상하지 않았을까. 놀라거나 긴장하거나 어쩔 줄 몰라 하거나……. 그런 것이 어울린다고 생각하고 있지 않았을까. 그러나 내 무의식의 바람대로 움직여준다는 보장은 물론 없었다. 그는 뒤를 돌아보지 않았고, 뒤를 돌아보지 않아서 확인하지 못했지만 만면의 웃음을 그대로 유지하고 있을 거라고 나는 단정했다. 그러자 속에서 억제되어 있던 무언가가 울컥 터져 나왔다. 나는 소리 질렀다. "한명재는 몰라도 한길숙은 모르지 않을걸. 모를 수가 없을걸. 아니, 한길숙을 모르면 안 되는 거 아냐, 그렇지 않아?" 그 말을 하는데 가슴이 뜨거워지면서 코끝에 싸한 기가 맴돌았다. 어머니의 얼굴이 떠올랐다. 나는 눈물을 억누르기 위해 더 소리 질렀다. "한길숙이 내 어머니란 말이야, 내 어머니라고! 나는 한명재고 내 어머니는 한길숙이란 말이야!"

누군가 나의 팔을 잡아끌었다. 끌려가지 않으려고 했지만 워낙 힘이 센 사람이었다. 양복 차림의 남자는 팔을 붙든 채 몸을 돌려 앞을 막았다. "이러면 안 되지.

왜 이러시나. 알 만한 사람 같은데······." 타이르듯 속삭이는 목소리가 나에게는 으르렁거리는 소리로 들렸다. 그사이에 기호 2번 후보는 흐트러짐 없는 자세를 유지하며 학교를 빠져나갔다. 운동장에 띄엄띄엄 몰려 있던 사람들이 함께 움직이며 학교를 벗어났다. 몇 사람이 힐끗거리긴 했지만 거의 대부분 나에게는 관심을 보이지 않았다.

12

그날 밤에 나를 방문한 사람들이 있었다. 세 명이었다. 두 명은 양복을 입었고, 한 명은 청바지에 점퍼 차림이었다. 양복을 입은 한 명은 사십대 후반으로 보이고, 나머지 두 명은 삼십대 초반 정도로 보였다. 양복 입은 두 명 가운데 젊은 사람은 낮에 학교 운동장에서 내 팔을 붙들었던 남자와 인상이 비슷했지만 동일인인지는 확신할 수 없었다. 그들은 다짜고짜 이야기를 좀 하자고 했다. 손님이 찾아왔다며 내 방으로 안내한 여인숙 주인이 호기심과 의구심이 반씩 섞인 눈빛으로 그들과 나를 번갈아 보았다. 영문을 모르기는 나도 마찬가지였으므로 그녀의 호기심과 의구심을 채워줄 수 없었다. 나는 그들이 누구인지, 무슨 용건으로 나를 찾아왔는지 물어야 했다. 그런데 그 질문을 던진 것은 엉뚱하게도 그들이었다. 그들은 내가 누구이며 무슨 목적을 가지고 여기 와 있는지 물었다. 강압적인 분위기를 연출한 건 아니었다. 오히려 그 반대였다. 그들의 말투와 행동은 지나치게 정중했다. 애써 정중함을 표현하려 한다는 티가 나긴 했다. 가장 나이 들어 보이는 남자가 여기 사람은 아닌 것 같은데 무슨 일로 여기 왔느냐고 물은 다음, 내가 좀 어이없어하는 표정으로 바라보자 다른 뜻이 있어서가 아니라 정말로 알고 싶기 때문이라고 손까지 내저으며 덧붙였다. 나는 그게 왜 알고 싶은지 먼저 말하라고 했다. "유세장에서 우리 후보님에게 무슨 말인가를 하셨지요? 어머니 이름을 댄 것 같던데…… 한명재 씨는 후보님과 실제로 어떤 사이입니까?" 그는 그렇게 말함으로써 자기들의 신분과 방문 목적을 밝혔다. 그가 밝힌 것은 또 있었다. 그는 내 이름을 정확하게 발음함으로써 어느 정도까지인지는 모르지만 나를 파악하고 있다는 속내를 드러냈다. 그 사실이 나를 좀 불편하게 했다. 나는 그 사람이 보냈습니까, 하고 퉁명스럽게 질문했다. 왜 불편한지를 이해하는 건 어렵지 않았다. 그러나 그가 내 이름을 정확히 불렀기 때문이라고 대답하는 건 쉽지 않았다. "선거가 며칠 안 남았습니다. 우열을 가리기 힘든 박빙의 승부가 진행 중입니다. 지금은 돌발 변수를 가장 조심해야 할 때입니다. 변수가 생기면, 그것이 아무리 사소한 것이라고 해도 승패에 결정적인 영향을 미칠 수 있습니다. 해명할 기회도 없이 막무가내로 당하게 되거든요. 기왕 뛰어든 선거인데 이겨야 하지 않겠습니까? 구르는 낙엽에도 신경을 곤두세워야 하는 것이 우리의 처지입니다. 이해해주시겠습니까? 후보님과의 사이에 어떤 사연이 정말로 있는지, 우리가 좀 알았으면 합니다만……." 그는 이번에도 내 질문은 무시하고 자기 말만 했다. 그러면서도 여전히 침착했고 변함없이 정중했다. 같이 들어온 두 사람은 말없이 뒤에 서 있었다. 지시가 내리기를 기다리는 요원들 같다는 생각이 언뜻 들었다. 그런데 그들은 대체 어떤 지시를 기다리고 있는 것일까.

"그분이 보냈습니까? 그분이 무얼 알아 오라고 시

켰습니까?" 온몸의 신경들이 몸 밖으로 튕겨 나가려고 했다. 나의 상태는 흡사 뜨거운 모래밭에 맨발을 디딘 것과 같았다. 섭섭함과 분노와 후회와 부끄러움과 울고 싶은 심정과 알 수 없는 열망이 서로 엉겨서 구별되지 않았다. 되도록 빨리 모래밭을 벗어나 달아나고자 하는 욕구가 모래밭의 뜨거움 속으로 들어가 뒹굴기를 바라는 욕구와 함께 뒹굴었다. 남자는 끈질기게 하나의 표정과 어투를 유지했다. 상대방의 반응에는 아랑곳하지 않고 끈기 있게 자기 할 말만 하는 모양이 녹음기를 연상하게 했다. 전원을 끄거나 녹음기를 부수지 않는 한 녹음된 목소리는 멈추지 않을 것이다. "물론 우리는 근거 없는 해프닝에 지나지 않은 것이기를 바라고, 또 어느 정도는 그럴 거라고 생각하고 있습니다만…… 그래도 혹시 모르는 일이니까. 설마가 사람 잡는다는 말도 있지 않습니까? 만에 하나라도 대비해야 하거든요. 선거 막판에는 더욱 방심하면 안 되지요. 그래서 말인데요, 한명재 씨, 아까 한길숙의 아들이라고 외치셨지요? 어머니 성함이 한길숙이라고. 항의하듯 말입니다. 우리로서는 도무지 이해가 되지 않아

서요. 그 말을 그 자리에서, 후보님께 왜 한 겁니까? 아무리 생각해도 그런 말을 할 상황은 아니었던 것 같은데 말입니다. 무슨 의미가 있는 말이었습니까? 아니면 대단히 죄송합니다만, 그냥 헛소리일 뿐이라고 간주해도 되겠습니까?" 그는 나의 말을 무시하는데, 나는 그의 말을 무시할 수 없었다. 한길숙은 내 어머니의 이름입니다, 라고 대들듯 말한 것은 그자의 거짓 공손과 가식이 역겨웠기 때문이었다. 그렇군요, 어머니의 성함이 로군요, 하고 받으며 사내는 사뭇 심각한 얼굴을 했다. 정말로 심각하다기보다 어쩐 일인지 심각한 척하는 것처럼 보였지만 어쨌든 나의 말을 무시하지 않고 보인 첫 번째 반응이기도 했다. "그러니까 말입니다. 한길숙 씨가 한명재 씨의 어머니라는 거잖아요. 우리가 알고 싶은 건, 그 사실이 거기서 왜 선언되어야 했는가, 하는 점입니다. 한명재 씨의 가족 관계를 거기서 그분에게 알려야 할 이유가 무엇이었을까요? 혹시 무언가를 폭로하려고 한 것입니까? 혹시 누군가 알게 되면 곤란할 일이 있습니까? 우리가 궁금한 것은 그것이란 말입니다." 남자의 눈동자에 힘이 들어가 있었다. 눈꺼풀은 무엇을 노리는 듯 미세하게 흔들렸다. 눈빛도 그렇지만 어린아이를 어르는 듯한 그의 말투가 마음에 들지 않았다. "내가 당신들의 궁금증을 해소해주어야 하나요?" 내 목소리는 저절로 퉁명스러워졌다. 그는 손과 머리를 까닥거리며 내 말에 동의한다는 표시를 했다. 물론 당신에게는 대답해야 할 의무가 없습니다, 하고 그는 아까보다 한층 느긋한 목소리로 말했다. 우리의 입장을 좀 고려해달라고 부탁하는 겁니다, 하면서는 머리를 깊이 숙이기까지 했다. 그러고는 고개를 돌려 뒤에 서 있는 두 남자를 바라보자 그들도 동의한다는 듯 고개를 주억거렸다. 손발이 잘 맞는다는 건 아마 저런 걸 두고 하는 말일 거라고 나는 속으로 생각했다. "우리에게 상상력이 전혀 없는 것은 아닙니다. 머릿속에 떠오른 것을 입에 올리기가 저어될 뿐입니다. 말하기가 어려운 게 우리만은 아닌 것 같군요. 아니, 우리들보다 더한 것 같다는 생각도 듭니다. 그렇다면 제가 부담을 덜어드리겠습니다. 단도직입적으로 묻지요. 혹시 우리 후보자와 육친 관계입니까?" 노골적으로 탐색하는 눈빛이 느껴졌다. 나는 그가 발음한 육친이란 단어가 생소하고 어색했다. 육친의 범위를 헤아리기가 어려웠다. 누가 나의 육친일까. "그러니까 내 말은……." 그가 무언가 부연하려고 했다. 나는 그의 말을 막고 당신들의 후보가 육친이라는 단어를 쓰더냐고 물었다. 그는 긍정도 부정도 하지 않았다. 뒤에서 점퍼 차림의 남자가 아주 작은 목소리로, 뻔한 이야기네 뭐, 처자식 버리고 달아난 거네, 하고 툭 내뱉었다. 빈정거리는 것처럼 들리는 말투였고, 그래서 조금 당황스러웠다. 저런 말투는 그들이 여태 견지해온 정중한 태도와는 사뭇 다르지 않은가. 의아스러웠지만 무엇이 의아스러운지 단정해서 말하긴 어려웠다. 나를 자극해서 답변을 이끌어내려 한 건지 모른다는 생각이 들었지만 그것도 확실하지 않았다. 나는 혼란스러워졌다. 나와 대화를 하고 있던 남자가 손을 가볍게 들어 올려 점퍼 차림의 남자를 제지했다. 말은 내가 한다, 하고 나무라는 것 같은 손짓이었다. 점퍼 차림의 남자는 곧 입을 다물었다. 완고한 위계질서 같은 것이 감지되었고, 실내에는 어색한 침묵이 몰려왔다. 숲을 흔드는 바람 같은 침묵이 지나간 다음 이윽고 대화를 이끌어오던 사내가 맞군요? 하고 나직하게 물었다. "뭐가요?" 나는 되물었다. "저 친구가 한 말 말입니다." 그가 그윽한 시선으로 나를 바라보았다. 나는 가만히 있었다. 그는 아이를 어르는 듯한 예의 표정을 한참 동안 유지하고 있더니 입가에 빙그레 미소를 띠었다. 뭔가 포착한 사람의 미소처럼 보였다.

그런데, 그렇다면 그는 무얼 포착한 것일까. 나의 무엇이 그에게 포착당한 것일까. 그는 공손히 고개를 숙였다. "실례 많았습니다. 또 봅시다." 그들은 들어올 때와 마찬가지로 갑자기 인사를 하고 방을 나가려고 했다. 그렇게 끈질기게 매달리더니 이제 비로소 본격적인 이야기가 시작되려고 하는 순간인데 스스로 매달리기를 포기하고 떨어져 나가는 그들을 이해하기가 어려웠다. 무엇 때문인지 마음이 불안하고 급해졌다. 그들을 그냥 보내면 안 될 것 같은 심정이 되었다. "저기요……." 나는 돌아서 나가는 그들을 불렀다. 그들이 멈춰 서서 나를 보았다. 여전히 정중했지만, 내 기분 때문인지 얼굴에 느긋함 같은 게 어리는 게 느껴졌다. 그들은 나를 찾아온 목적을 달성한 것 같았다. 그런데 어떻게? 나의 무엇이 그들을 만족하게 했을까. 의도하지 않은 만족을 상대방에게 제공해놓고도 자기가 무얼 제공했는지 알지 못할 때 우리는 불안해지고 어리둥절한 상태에 빠진다. 상대방의 만족이 아니라 자신의 무지 때문이다. 무지야말로 불안의 참된 원인이다. 나는 엉뚱한 열정에 사로잡혀서 충동적으로 소리 질렀다. "만나게 해주세요." 두 사람은 말귀를 못 알아듣겠다는 표정을 짓더니 야릇한 미소를 주고받았다. 이윽고 한 사람이 측은하다는 듯 심각한 얼굴을 하고 고개를 끄덕였다. "그러지요. 걱정하지 마세요. 곧 만나게 될 겁니다." 그 사람은 나의 어깨를 다정하게 두드렸다.

13

울타리 안쪽에서 움직이는 모습이 보였다. 운동모자를 쓰고 운동복을 입은 남자가 건물 앞에서 팔을 쭉 뻗었다가 오므리고 허리를 구부렸다가 폈다. 다리를 늘였다가 줄이고 몸을 외로 틀었다가 오른쪽으로 틀기도 했다. 역동적이지만 신중한 몸놀림이었다. 팔을 늘어뜨리고 먼지를 털어내듯 손을 가볍게 내젓던 그는 이내 제자리에서 폴짝폴짝 뛰기 시작했다. 나는 울타리 사이로 그 사람이 하는 양을 지켜보았다. 해가 떠오르기 직전의 시간이었다. 차가운 기운을 머금은 공기는 세상을 융단처럼 덮고 있었다. 남자가 좁은 길을 따라 걷는가 싶더니 이내 가볍게 달리기 시작했다. 나는 제자리에 서 있었다. 그는 과수원 사잇길을 지나 묘목장으로 들어갔다. 크고 작은 묘목들이 넓은 터에 줄을 맞춰 심어져 있었다. 묘목들은 그의 모습을 감췄다가 보여주고 보여줬다가 감췄다. 길은 야트막한 경사를 따라 농장의 경계를 이루는 울타리 쪽으로 이어졌다. 울타리 안쪽으로 빙 둘러 길이 있었다. 길은 올라가다가 내려가고 내려가다가 올라갔다. 그는 그 길을 달렸다. 내가 서 있는 울타리 밖에도 길이 있고 그가 달리는 울타리 안쪽에도 길이 있었다. 울타리 밖의 길은 습관이 된 내 새벽 산책 코스 가운데 하나였다. 나는 가지 않으려 했지만 발걸음은 자주 이쪽을 향했다. 한번은 울타리 안쪽에서 덩치 큰 개가 하도 그악스럽게 짖어대는 바람에 도중에서 돌아온 적도 있었다. 시간이 맞지 않아서 그랬는지 운동복을 입고 나와 조깅을 하는 그를 본 적은 없었다. 나는 꼼짝하지 않고 울타리 안쪽 길을 바라보았다. 둔덕에 이르러서 잠깐 멈춰 섰을 때 막 떠오른 해가 그의 얼굴을 스포트라이트처럼 비췄다. 조명을 받은 그의 얼굴은 기름을 부은 것처럼 번들거렸다. 그는 해를 향해 한차례 고함을 지르고 다시 달렸다. 나는 미동도 없이 지켜보기만 했다. 그의 모습은 활력이 넘쳤고 진지했다. 무슨 의식을 치르는 것 같다는 생각도 들었다. 무엇을 위한 것인지 알 수 없는 확고한 신념 같은 것이 아침 공기를 가르며 달리는 그의 단단한 몸에서 뿜어져 나왔다.

길이 그를 내 앞에 데려다 놓았다. 어느 순간 그가 내 앞에 있었다. 진정으로 이렇게 대면할 생각은 없었다. 그런데 어째서 그 자리에서 움직이지 않고 있었느냐고 묻는다면 대답할 말이 없다. 그가 거기까지 달려올 거라고 예상하지 못했다는 말은 아마 누구에게도 받아들여지지 않을 것이다. 차라리 무엇에 붙잡힌 듯 움직일 수 없었다고 하는 편이, 어차피 변명으로 치부될 거라면, 낫지 않을까. 그는 내 앞에 멈춰 서서 목에 걸친 수건으로 이마의 땀을 닦았다. 입에서 거친 숨이 뿜어져 나왔다. 햇살이 그의 얼굴에 부서졌다. 눈이 부신지 얼굴을 약간 찡그린 그가 울타리 가까이 다가오더니, 타이밍이 좋지 않다, 하고 예사로운 톤으로 말했다. 무엇 때문인지 모르지만 당황하거나 긴장할 거라고 예상하고 있었으므로, 그랬으면 하고 바라고 있었다고 해야 할까, 나는 매일 만나는 사람을 대하는 듯 편하고 자연스러운 그의 말투가 불편하고 부자연스러웠다. 나는 타이밍이 좋지 않다는 그의 말을 곱씹었다. 그 문장은 처음 듣는 외국어처럼 난해했다. 외국어를 알아듣지 못했을 때 으레 그렇듯 나는 어색한 표정을 지은 채 가만히 있었다. 그러자 있을 만하냐는 물음이 돌아왔다. 있을 만하냐고? 그 물음은 난해하진 않았지만 어처구니없다는 생각을 하게 했다. 이런 대화는 내가 기대한 것이 아니었다. 무언가 기대한 것이 있었다는 뜻은 아니었다. 그런데도 이게 아닌 건 분명하다고 되뇌어지는 심사를 이해하기가 쉽지 않았다. 당신이 어제 사람을 보내지 않느냐고 따지고 싶은 것을 겨우 참아냈다. "언제까지 있을 건가?" 그러나 그는 나와 생각이 다른 것 같았다. 오히려 그는 이런 질문과 대답 이상의 대화가 오가는 걸 원치 않는 것 같았다. 저 알아요? 하는 말이 불쑥 내 입에서 튀어나왔다. 아마도 다른 종류의 대화를 하고 싶다는 의사가 그런 식으로 표현되었을 것이다. 그가 내 의사를 알아차리지 못할 리 없다고 나는 생각했다. 그가 수건으로 얼굴의 땀을 닦으며, 내 얼굴을 빤히 바라보았다. 내 얼굴에서 그가 발견하려고 하는 것이 무엇인지 궁금했지만 무언가를 정말로 발견하기를 원하는지는 말하기 어려웠다. 나는 얼마 전부터 그의 두툼한 눈두덩과 얇은 입술을 불편해하고 있었다. 그것들은 내 얼굴에 있는 것과 너무 흡사했다. 나는 그가 내 얼굴에서 두툼한 눈두덩과 얇은 입술을 발견하게 될까 봐 고개를 숙였다. 어머니는 잘 계시냐? 하는 말이 그의 입에서 튀어나온 것 같아 움찔했는데, 실은 내 마음속에서 울린 말이었다. 그는 아무 말도 하지 않고 바라보기만 했다. 그가 아무렇지 않다는 사실이 믿어지지 않았다. 그는 아무렇지 않은데 나는 아무렇지 않지 않다는 사실을 인정해야 하는 것도 힘들었다. 눈물이 쏟아지거나 수습하기 어려운 어떤 말인가가 튀어나올 것 같았다. 눈물을 막기 위해 말을 끌어 올리든지, 말을 막기 위해 눈물이 쏟아지게 내버려두든지 해야 하는 상황이었다. 눈물도 어렵고 말도 쉽지 않았다. 나는 가만히 눈을 감았다. 머뭇거림과 망설임 사이로 끼어든 침묵이 큰 바람처럼 숲을 흔들었다. 나는 그가 울타리 너머로 손을 뻗어 내 몸을 들어 올리는 상상을 했다. 울타리 바깥에서 울타리 안쪽으로.

그러나 침묵을 흔들며 아래쪽에서 불어온 더 큰 바
람이 내 상상을 흩어버렸다. "아빠, 사무실에서 전화 왔
어요. 급하대요. 그리고 엄마가 식사하시래요." 지붕이
둥근 2층짜리 건물 앞에서 한 여자가 손을 확성기처럼
만들어 입에 대고 소리쳤다. 그가 조금 전에 운동복 차
림으로 나왔던 그 건물이었다. 거리가 떨어져 있어서
정확히 파악할 수는 없지만 목소리나 몸놀림으로 미루
어보아 중학생쯤 되어 보였다. "알았다." 그가 새삼스
레 제자리 뛰기를 하며 아래쪽을 향해 손을 흔들었다.
"얼른 오세요. 국 식어요." 한 번 더 소리친 다음 여자아
이는 현관 안으로 들어갔다. 그는 목에 두르고 있던 수
건을 손목에 감고는, 알다시피 요즘 좀 바빠서 말이지,
하고는 몸을 돌렸다. 만났을 때 그랬던 것처럼 헤어질
때도 예사로웠다. 아침 공기를 가르며 달려 내려가는
그의 뒷모습을 멍하니 바라보다가 나는 그 자리에 풀
썩 주저앉았다.

햇살이 환하게 퍼져 금빛으로 빛나는 농장 안은 아
늑하고 평화로워 보였다. 오래된 한 장의 그림이 눈앞

에 어른거렸다. 어렸을 때 대문 틈으로 동네 친구의 집 안을 엿보곤 했다. 그 집과 우리 집은 이웃해 있었는데, 나는 혼자 보내는 시간이 많은 반면 그 친구는 거의 항상 누군가와 함께 있었다. 유쾌하게 웃으며 공 받기 놀이를 하거나 자치기를 하는 키 큰 어른에게 시선이 오래 머물러 있곤 했다. 대문 밖에 있는 나를 발견하면 그 남자는 문을 열어주고 들어오라고, 들어와서 같이 놀자고 했다. 친구도 손짓을 했다. 그러면 나는 뒷걸음질 쳐서 그곳을 벗어났다. 무엇 때문인지 한 번도 그 안으로 들어가지 않았다. 그냥 밖에서 바라보기만 했다. 나는 내가 왜 자꾸 그 집 대문을 기웃거리는지 알지 못했던 것처럼 무엇 때문에 안으로 들어가는 것을 그렇게 꺼려했는지도 알지 못했다. 그때 그랬던 것처럼 지금도 설명이 쉽지 않다. 대개는 알지 못하기 때문에 설명하지 못하지만, 어떤 것들은 알게 된 후에도 설명할 길을 찾지 못한다.

가슴 안쪽에서 솟구쳐 올라온 무언가가 비로소 밖으로 터져 나왔다. 그것은 눈물도 아니고 수습하기 어려운 어떤 말, 이를테면 아버지도 아니었다. 기침에 섞여

나온 그것은 한 덩어리의 시뻘건 피였다. 쏟아지는 날
카로운 햇살 아래서 그것은 불길한 징조와도 같이 선
명했다.

14

밤에 찾아온 세 명의 남자들에 대한 내 추측이 잘못
되었다는 사실이 드러났다. 나는 누가 그들을 보냈는
지 안다고 생각했다. 그들은 기호 2번 후보를 들먹였
고 나는 그들이 그를 위해 일한다고 단정했다. 의심하
는 것보다 믿는 것이 더 자연스러운 정황이었다. 무언
가 미심쩍은 느낌이 간간이 들긴 했지만 대수롭지 않
게 넘겼었다. 그것이 실수였을까.

'조강지처와 자식까지 버린 사람이 주민을 위해 헌
신하겠다고 합니다. 이런 사람을 믿을 수 있습니까?'
라고 시작되는 정체불명의 유인물이 벽에 붙고 거리
에 뿌려진 것은 다음 날 아침이었다. 아마 누군가 한밤중에 급조해서 붙이고 뿌렸을 것이다. 조강지처와 자식을 버린 파렴치한이 누구인지는 이어지는 문장을 읽어보면 금방 알아낼 수 있었다. 벽보에 붙은 내용에 의하면, 그는 군내 최고 재력가에 유지 가문인 영화농장의 여사장과 결혼하기 위해 부인을 버린 철면피였다. 그전에도 그는 출세와 사욕을 위해 조강지처와 자식을 버린 이력이 있었다. 그는 바람둥이였고 기회주의자였고 무능력자였다. 험악한 욕설과 자극적인 상소리가 섞인 문장은 치졸하고 천박했다. 그러나 자신의 출세와 욕망을 위해 처자식을 헌신짝처럼 버린 사람이 누군들 무엇인들 버리지 않겠는가, 하는 문장은 제법 호소력이 있었다. 흐릿하긴 하지만 거기에 내 얼굴이 실려 있었는데(그자들은 내 사진을 언제 찍은 것일까?), 가정과 자식을 버린 패륜의 아버지를 고발한 아들이라고 소개되어 있었다. 놀랍고 어이없는 일이었다. 나는 지나가는 사람들이 내 얼굴을 알아볼까 봐 고개를 숙이고 서둘러 내 방으로 돌아왔다. 세가 밀린다고 판단한 쪽에서 자행한 인신공격성 폭로전이 분명했다. 누가 그 벽보를 만들었는지 짐작은 할 수 있지만 증거를 잡긴 어려울 터였다. 선거를 나흘 앞둔 시점이라 대처하기도 쉽지 않은 상황이었다. 사실인지 아닌지 정확하게 밝혀지기 전에 유권자들은 투표소로 갈 것이다. 좋지 않은 이미지일수록 각인의 효과가 크다. 일을 벌인 쪽 사람들은 그 점을 충분히 고려했을 것이다. 그들은 나를 이용했다. 그가 보내서 찾아온 것처럼 나를 속여서 대답을 유도해내고, 애매한 내용을 기정사실로 각색했다. 그리고 자극적이고 감정적인 수사가 동원되었다. 나는 그들이 누구인지 어디서 일하는지 아무것도 알지 못했다. 명함이라도 받아둘 걸 그랬다는 후회가 일었지만 돌이킬 수 없는 노릇이었다.

여인숙 주인 여자가 내 방을 두드린 것은 저녁 무렵이었다. 그때까지 나는 꼼짝하지 않고 누워 있었다. 온몸의 근육이 얻어맞은 것처럼 아팠다. 사지의 힘이 모조리 빠져나가버린 듯 몸이 아래로 가라앉았다. 콧물이 목으로 흘러 재채기를 불러냈다. 이런저런 생각들이 떠올랐다 가라앉았다를 반복했지만 그것들은 어떤 행동도 이끌어내지 못했다. 여인숙 아주머니는 전단지를 앞으로 내밀며 맞어? 하고 물었다. 나는 몸을 일으켜 앉으며 물끄러미 바라보기만 했다. 맞는가 보구먼, 혹시 했는데…… 하며 그녀가 혀를 끌끌 찼다. "독한 사연이 있는가 보지. 무슨 사연인지, 그리고 어떤 심정인지 모르겠지만…… 꼭 이래야 했을까 싶네. 정말로 부모 자식 간이 맞다면 더구나 말이지. 잘 몰라서 하는 소리라고 하겠지만 말이야." 그녀는 전단지의 사진을 들여다보며 한숨을 쉬었다. 그녀에게 나는 가정과 조강지처와 자식을 버리고 떠난 아버지의 부도덕을 폭로한 아들이었다. 더 나아가 그 일을 위해, 단체장 선거에 출마한 아버지를 훼방하고 망신 주려는 의도를 가지고, 타이밍을 맞춰, 여기 온 것으로 단정 짓고 있을 공산이 컸다. 그것은 사실이 아니었으므로 오해를 풀어야 한다는 생각이 들었지만 나른한 몸과 정신이 좀처럼 움직이려고 하지 않았다. 한편으로는 그런 오해가 대수냐는 마음도 들었다. 벽에 기댄 등이 자꾸만 미끄러졌다. 나는 미끄러지지 않기 위해 엉덩이뼈에 힘을 주어야 했다.

"어떻게 할 거예요?" 질문의 뜻이 파악되지 않아서 나는 그녀를 말없이 올려다보았다. 모르고 있는 모양인데, 그리고 그편이 나을지도 모르겠는데, 그렇지만 곧 알게 될 일이니까, 하고 전제한 다음, 김 대령이 여기 적힌 내용을 부정했어요, 거의 다, 아들의 존재는 말할 것도 없고, 하고 말했다. 김 대령은 기호 2번 후보를 부르는 그녀의 호칭이었다. 그녀 말고도 많은 사람들이 그렇게 부른다고 했다. 김 대령이 오전에 기자들을 불러서 자기에게는 숨겨놓았거나 버린 자식이 없으며, 합의이혼을 한 적은 있지만 조강지처를 버린 적은 없다고 밝혔다고 했다. 선거 막바지에 으레 나오기 마련인 비열하기 짝이 없는 아니면 말고 식 흑색선전을 개탄하며 야비하고 더러운 음모를 반드시 밝혀내겠다고 으르렁거렸다는 것이다. 헛소문을 퍼뜨린 자들은 어둠 속에 숨어 있지 말고 당장 얼굴을 들고 나타나 근거를 대라고 호통을 쳤으며, 전단지에 실린 사진에 대해 누군가 묻자 결단코 자기 아들이 아니라고, 자기에게는 아들이 없다고 몇 번이나 다짐을 했다고 했다. 정말로 그렇게 말했어요? 나는 낙담한 목소리로 겨우 물었다. 여자가 고개를 끄덕였다. 진실을 이해하기 위해서 상황을 잘 들여다보아야 한다는 것쯤은 나도 알고 있다. 그의 상황이 그렇게 말할 수밖에 없는 거라고 이해하지 못할 이유가 없다. 하지만 상황이 주인 노릇 할 수 없는, 모든 상황을 관통하는 절대적 진실도 있는 법이라고, 내 안의 누군가가 이의를 제기했다. 그가 그러지 않았기를 바라는 마음이 뜨거운 기운을 머리끝까지 끌어 올렸다. 그러나 그런 것은 그런 것이고, 그러지 않은 것은 그러지 않은 것이다. 과거는 어쩔 수 없는 것이다. 아직 그러지 않았다면 계속 그러지 않기를 바랄 수 있지만, 이미 그랬다면 돌이켜 그러지 않았기를 바랄 수는 없는 법이다. 아침에 그는 나의 존재를 부정하지 않았다. 긍정했다고 할 수는 없지만 부정했다고 할 수는 더욱 없다. 나는 그의 태도를 애매한 긍정으로 받아들였고, 어쩌면 그것으로 만족했던 것도 같다. 그의 애매한 부름에 의해 형성되었던 나의 존재는 그의 완고한 부정으로 인해 한순간에 무너졌다. 와르르…… 무너지는 소리를 실제로 들은 듯했다. 나의 존재는 그렇게 허술했다. 나는 아버지와 아들의 관계를 건축자와 건물의 관계처럼 인식하고 있는 나를 발견했다. 그 비유에 의하면, 아버지에 의해 지어지기도 하고 헐리기도 하는 것이 아들이다. 나는 그게 아니에요, 하고 말했지만, 그녀는 반응을 보이지 않았다. 내 목소리가 입 밖으로 나오지 않았거나 그녀가 내 말을 무시한 것이리라. "몸이 안 좋아 보이는데, 괜찮겠어?" 여인숙 여자가 그제야 걱정스러운 표정으로 물었다. 나는 몸살이 좀 있는 것 같지만 괜찮을 거라고 대답했다. 약을 좀 먹어야겠네, 하며 그녀가 방을 나갔다. 문을 닫기 전에 깜박 잊어먹고 있었다는 듯, 내 정신 좀 봐, 그걸 알려주려고 들어와놓고, 하고는 곧 김 중사가 찾아올 거라고 했다. 나는 김 중사가 왜요? 하고 물었다. "왜긴 왜겠어? 그쪽에서도 손 놓고 있을 순 없는 노릇 아니겠어? 젊은이가 김 중사와 같은 여인숙에 묵고 있는 걸 알았나 보지. 그러니까 그 사람을 보낸 거겠지. 기다려봐요. 나는 나가서 감기 몸살 약을 사 올 테니까 좀 쉬고 있어." 그녀는 측은하다는 듯 가볍게 혀를 차고 나갔다. 내 몸은 스르르 미끄러졌다.

얼마 있지 않아서 나를 찾아온 김 중사는 대뜸 스쿠터 뒷자리에 타라고 했다. 나는 영문을 모르겠다는 표정을 지었다. 그는, 못 들었어요? 하고 말할 뿐 자세한 설명을 하지 않았다. 그는 언짢아한다기보다 조금 귀찮아하는 것처럼 보였다. 여지껏 정체를 숨겨온 나에 대해 일종의 배신감을 느낄지 모르겠다는 생각이 들자 조금 미안해졌다. 나는 스쿠터 뒷자리에 올라타며 어디로 가느냐고 물었다. 그는 가보면 안다고 짧게 대답했다. 다소 퉁명스럽게 들리는 말투였다. 대화를 원치 않는다는 뜻이 그대로 전달되었다. 나에 대한 불만 때문이 아니라 침묵을 지시받았기 때문인 것처럼 여겨졌다. 나는 입을 다물었다.

그는 스쿠터를 한 손으로 능숙하게 몰았다. 바람이 머리카락을 날리고 얼굴을 때렸다. 정신이 어질어질하고 몽롱했다. 내가 그를 곤경에 빠뜨리기 위해 일부러 폭로했다는 건 사실이 아니었다. 그건 물론 오해지만, 그렇다고 오해를 풀기 위해 변명을 한다는 건 어쩐지 구질구질하게 여겨졌다. 그렇다고 아무 반응도 보이지 않을 수는 없었다. 변명이든 항의든 해야겠지만 변명도 항의도 하지 못하게 될까 봐 마음이 불안했다. 김중사는 예상과는 달리 농장이 아니라 농장과는 반대쪽 길로 스쿠터를 몰고 갔다. 민간인 통제구역이 5킬로 남았다는 표지판이 있는 곳에서 김 중사의 스쿠터는 방향을 틀어 산길로 접어들었다. 길 양쪽으로 늘어선 나무들이 머리 위로 그림자를 드리웠다. 두 명의 군인이 보초를 서고 있는 군부대를 지나자 계곡이 나왔다. 계곡에는 물이 찰랑거렸다. 어디로 가는 거예요? 조금 불안해진 내가 물었지만 김 중사는 대답하지 않았다. 얼마큼 더 가자 나무 그늘 아래 봉고차가 한 대 세워져 있는 게 보였다. 스쿠터는 그 앞에 섰다. 봉고차의 문이 열리고 안에서 두 사람이 내렸다. 그들이 나를 차 안으로 안내했다. 곧 문이 닫혔다.

안에는 한 남자가 등받이에 머리를 기댄 채 눈을 감고 앉아 있었다. 나는 차 안에 있는 사람이 내가 예상한 이가 아니었으므로 조금 당황했고, 혹시 하고 차 안을 살펴보았다. 그러나 운전석에도 뒷자리에도 더는 사람이 없었다. 그는 없었다. 나는 그가 나를 기다리고 있으리라고 생각했었다. 그러나 그는 나를 기다리지 않았다. 사실 그는 한 번도 나를 기다린 적이 없었다. 차에서 내린 두 사람이 김 중사와 무슨 이야기인가를 나누는 모습이 차창을 통해 보였다. 이야기는 주로 그들이 했다. 듣기만 하던 김 중사는 곧 스쿠터를 몰고 사라졌다. 김 중사가 그냥 가버리면 나는 어떻게 돌아가지, 그런 생각이 그 와중에 들었다. "용건만 이야기하겠습니다." 남자가 감고 있던 눈을 뜨고, 그 대신 한쪽 다리를 다른 쪽 다리에 올리며 말했다. 유세장에서 내 팔을 잡아 제 압했던 검은 양복의 사내인 것처럼 보였지만 확실하지 는 않았다. 솔직히 그들은 모두 비슷비슷해서 잘 분간 이 되지 않았다. "우리 후보께서 좀 난처하게 되었습니 다. 악의가 없다면, 우리는 물론 그렇게 생각하고 있습 니다만, 곤경에 빠진 후보님을 좀 도와주십사 간청하려 고 이렇게 모셨습니다. 일단 소문을 잠재우는 것이 중 요합니다. 선거 막판에 이런 종류의 소문은, 이런 촌구 석에서는 더구나, 치명적입니다. 시간이 없습니다. 부 자 관계를 부정하는 기자회견을 해주십시오. 저쪽의 흑 색선전이라는 것만 명확히 해주면 됩니다. 회견 자리는 우리가 마련하겠습니다." 남자는 벽보와 전단지에 적 힌 내용이 사실인지 아닌지 묻지 않았다. 사실이든 아 니든 상관없다는 표현일 것이다. 사실이든 아니든 치명 적인 건 마찬가지니까, 사실이라면 두말할 필요가 없지만, 사실이 아니라고 해도 해명과 반박이 필수일 테니까. 아니면 사실인지 아닌지 이미 알고 있다는 표시일까. 이미 알고 있다면, 그것은 무슨 의미일까.

나는 그 제안이 누구의 뜻인지를 물었다. 내 질문의 의도를 따져보는 듯 잠깐 생각에 잠겨 있던 그가 물론 후보께서 요청하는 겁니다, 하고 대답했다. 안심시키겠다는 의도인 듯 미소를 짓기까지 했다. 나를 모르는 사람이라고 부정했던 사람이 이번에는 날더러 기자회견까지 해달라고 한단 말인가. 마음속에서 무언가 덜컹거리는 소리를 냈다. 나는 거의 울 것 같은 얼굴로 정말로 당신들의 후보가 이걸 원한단 말이냐고 되물었다. 남자는 이번에는 망설이지 않고 고개를 끄덕였다. 나는 고개를 저었다. 믿을 수 없다기보다 믿고 싶지 않은 마음이 앞섰다. 그것은 이상한 오기와 같았다. 사실은 복잡하고 혼란스러운 탓이었다. 나는 불편한 심기를 숨기지 않고 기자들을 만나서 무슨 말을 한들 상황이 달라질 것 같냐고 대들듯 물었다. 내 질문을 기다리기라도 했다는 듯 남자가 은밀하게 눈웃음을 지으며 회견 내용은 우리가 다 알아서 준비하겠습니다, 했다. "그저 인터뷰 내내 그냥 황당하다는 표정을 짓고 있기만 하면 됩니다. 우리 후보는 전혀 모르는 사람이고, 사실이 그렇지 않습니까, 본 적도 없고 들은 적도 없다고 하십시오. 사실이 무엇이든 그건 중요한 게 아닙니다. 적어도 지금은 그렇습니다. 저쪽 진영에서 판세가 불리하니까 아무것도 모르는 외지인을 이용하여 술책을 꾸민 것 같다고 하면 됩니다. 마침 다른 일로, 가령 일자리를 찾으러 왔다고 해도 되겠지요, 이곳에 왔는데 그걸 알고 접근해서 상당한 금액의 돈을 제시하며 추악한 제안을 했다고 하면 어떨까요? 증거품으로 제시할, 그들이 제공한 상당한 돈은 우리가 마련할 겁니다……" 남자는 마치 준비한 원고를 읽듯 술술 털어놓았다. 그는 시종 정중했고 줄곧 웃음을 띠며 말했다. 이틀 전에 나를 찾아온 사람들과 어쩌면 그렇게 똑같은지, 구별이 되지 않을 정도였다. 사람을 이용하려 한다는 점에서 그들은 다르지 않았다. 하기야 그들은 그럴 수 있었다. 그렇지만 아버지는 그럴 수 없다고, 그러면 안 된다고, 아버지는 아들을 이용하려 하면 안 된다고 나는 속으로 중얼거렸다. 속으로 중얼거렸다고 생각했는데, 그 말이 입 밖으로 나온 모양이었다. 아니라면 남자가 내 속생각을 읽었다고 단정해야 하는데, 그에게 그런 능력이 있다는 걸 인정하고 싶지는 않았다. "아버지는 그럴 수 없지만, 선거를 나흘 앞둔 후보는 그럴 수 있습니다." 남자는 웃지 않고 말했다. 나는 거절한다면 어떻게 할 거냐고 물었다. 그는 나를 빤히 쳐다보다가 차창 밖으로 시선을 옮겼다. 밖에는 두 명의 사내가 이쪽을 보며 담배를 피우고 있었다. 체격이 유난히 건장해 보였다. "거절할 거라고 생각하지 않습니다만, 그리고 진심으로 그러지 않기를 바랍니다만, 만에 하나 그런 일이 생긴다면, 우리로서는 차선의 방법을 쓸 수밖에 없습니다." 남자는 웃지 않고 말했다.

15

나는 세 사람이 앉을 수 있는 소파에 혼자 앉아 있다. 군데군데 닳아 해진 회색의 가죽 소파는 한쪽 벽에 붙어 있다. 벽에는 못이 세 개 박혀 있는데, 전에는 어쨌는지 모르겠지만 지금은 아무것도 걸려 있지 않다. 마주 보이는 자리에는 16인치 텔레비전이 덩그렇게 놓여 있다. 아무것도 내보내지 않는 텔레비전 화면은 까맣다. 천장에 매달려 있는 형광등 램프 안에는 오래 묵은 먼지가 가득 들어차 있다. 가만히 들여다보고 있으면 들어온 지 얼마 안 된 먼지와 꽤 오래된 먼지와 아주 오래된 먼지를 식별할 수 있을 것 같다. 먼지들 속에 먼지들과 잘 구별되지 않는 날벌레들도 섞여 있다. 마찬가지로 자세히 들여다보면 들어온 지 얼마 안 된 날벌레와 꽤 오래된 날벌레와 아주 오래된 날벌레를 식별할 수 있을 것 같다. 텔레비전 모니터 크기만 한 창문은 앉은 자리에서 고개를 오른쪽으로 돌리면 보이는 위치에 있다. 그러나 검은 천이 가리고 있어서 창문은 제구실을 하지 못한다. 그 때문에 한낮에도 불을 켜지 않으면 어둡다. 나는 어느 순간부터 어둠이 무서워졌으므로 낮에도 밤에도 불을 끄지 않았다. 천을 들출 수는 있지만 바깥을 내다볼 수는 없다. 문이 유리가 아니라 나무로 되어 있기 때문이다. 거기다가 힘을 줘서 열려고 해도 움직이지 않는다. 못질을 했거나 바깥쪽에 자물쇠를 달아놓았을 것이다. 창문을 마주 보는 위치에 출입문이 있지만 마찬가지로 안에서 열고 나갈 수 없게 되어 있다. 내가 갇혀 있다는 사실을 이해하기 위해 누군가 말을 해주어야 하는 것은 아니다. 사실 누구도 그렇게 말하지 않았다. 오히려 김 중사는 걱정할 것 없어, 여긴 안전하니까, 하고 말했다.

그들은 차선의 방법을 택했다. 그들은 기자회견을 거부하는 나를 차에 태운 채 한밤중이 될 때까지 여기

저기 쏘다녔다. 나에게 은근히 협박을 가하던 남자는
밖에서 서성이던 두 명의 건장한 사내에게 나를 맡기
고 사라졌다. 나를 맡은 자들은 무작정 차를 몰았다. 나
로서는 내용 파악이 힘든 통화를 누군가와 몇 번 한 걸
제외하면 별말이 없었다. 나에게도 말을 붙이지 않았
다. 어떻게 하겠다든지, 어디로 데리고 간다든지, 무슨
일이 일어날 거라든지, 위협이든 공갈이든, 무어든 알
려주는 편이 나을 것 같았다. 불안하기도 했지만 갑갑
하기도 했다. 나중에는 그들 역시 나와 마찬가지로 어
떻게 할지, 어디로 데리고 갈지, 무슨 일이 일어날지 모
르고 있다는 생각이 들었다. 겉으로 표를 내지 않으려
하지만 허둥거리고 있는 게 분명했다. 말해주지 않은
것은 그들도 알지 못하기 때문이라고 생각하자 이상하
게 마음이 놓였다. 그들이나 나나 같은 처지인 것이다.
그런 대범한 생각이 비로소 몸의 호소에 귀 기울일 여
유를 주었던 것일까, 아니면 내 처지나 그들의 처지가
다르지 않다는 의식을 서둘러 추출해내야 할 만큼 몸
의 형편이 다급했던 것일까. 나는 여러 사람에게 마구
잡이로 얻어맞은 것처럼 쑤시고 아프고 뜨거운 몸을

늘어뜨린 채 잠 속으로 빠져들었다.

깨어났을 때 세상은 어두워져 있었고, 나를 태운 봉고차는 어떤 건물 앞에 멈춰 있었다. 콧속으로 스며드는 차갑고 선뜻한 공기와 불빛을 찾아볼 수 없는 주변 풍경이 산속이라는 걸 깨닫게 했다. 그들은 나를 건물 안으로 밀어 넣고 떠났다. 무슨 말인가를 했던가. 분명하게 떠오르지 않는다. 무엇 때문인지 그들은 좀 겸연쩍어하는 것처럼 보였다. 덩치 큰 사내들이 지어 보이는 겸연쩍은 표정은 어색하고 부자연스러웠다. 나는 그들이 인사를 건네는 것으로 이해하고 손을 들어 보였다.

"걱정할 것 없어. 여긴 안전하니까." 말을 하는 사람이 김 중사라는 걸 알아차리기 위해서는 불빛이 필요했다. 그런데 그는 무엇이 안전하다는 것일까. 그는 불을 켜고 자기가 묵을 방을 점검하는 것처럼 휘둘러보고 텔레비전의 플러그를 연결한 다음, 핸드폰을 내놓으라고 요구했다. 그러나 그의 목소리는 강압적이지 않고 부드러웠다. 나는 어차피 필요 없는 물건이라고 생각했으므로 호주머니에서 순순히 전화기를 꺼내주었다. 그는 약간 미안해하며 핸드폰을 받았다. 그러면서 필요한 것이 있으면 뭐든 이야기하라고 했다. 마치 뭐든 들어줄 수 있다는 투였다. 나는 핸드폰을 돌려달라고 해볼까 하다가 상대방이 당황하거나 화를 낼지 모른다는 생각이 들었으므로 그만두었다. 당황한다면 조금 낫지만 화를 낸다면 내가 좀 당황스러울 것 같아서였다. 그 대신 내가 어디에 와 있느냐고 물었다. 그는 영화농장이라고 선선히 대답했다. 농장 안이란 말인가요? 하고 되물을 때 내 목소리에는 믿을 수 없다는 감정이 끼어들었다. 그것은 받아들여질 거라고 생각지 않았던 어떤 조직에 의외로 쉽게 가입했을 때의 느낌과 비슷했다. 물론 내가 정말로 원한 것이 무엇인지 확실하지 않은 상황에서 엉겁결에 덥석 받아먹고 만, 받아들여졌다는 그 느낌이 얼마나 무모하고 과도하고 감상적인 것인지 나는 곧 알아차렸다. 심지어 그것은 비겁하기까지 했다. 나는 부끄러움 때문에 그의 시선을 피했다. 내 안에서 일어나는 혼란을 짐작할 리 없는 김중사는 농장 안에 이런 건물이 여러 채 있다고 친절하게 설명했다. 주인집 가족들이 기거하는 안채 말고도 농장 안에서 기거하는 인부들을 위한 거처, 농기구나 농작물을 보관해두는 창고형 건물, 외지에서 오는 손님들을 위한 숙소가 곳곳에 지어져 있다고 했다. 내가 있는 곳은 일꾼들이 일을 하다가 잠시 쉬기도 하고 사정이 있어서 집에 가지 못할 때 하루나 이틀 임시로 묵기도 하는 건물이었다. 안채와는 상당히 떨어져 있는 이 건물은 방이 세 개이며, 화장실이 딸려 있고, 간단히 음식을 만들어 먹을 수 있는 조리 시설이 갖춰져 있다고 했다. "나도 간혹 여기서 자." 아주 형편없지는 않다는 뜻을 전하기 위해 김 중사가 하는 말이라는 걸 이해할 수 있었다. 그것은 아마 사실일 것이고, 그러므로 나는 불만을 가지면 안 될 것이다. 자네 덕택에 오늘 밤도 여기 있어야 해, 하는 말을 듣는 순간에는 미안한 마음이 다 생겼다. 그 때문에 나를 감금하는 거냐고 묻지도 못했다. 그 대신 내일은 나가게 되나요? 하고 물었다. 김 중사가 난감한 표정을 지었다. 나는 내가 어리석은 질문을 했다는 사실을 곧 알아차렸다. 그는 나흘 후가 선거일이라는 사실을 상기시킨 다음 한 번 더 불편하거나 필요한 것이 있으면 언제든 말하라고 했다. 여느

때와 달리 친절하고 공손했다. 나는 그가 책임감이 몸에 밴 사람이라고 생각했다. 그렇게 생각한 것은 그의 친절과 공손한 태도가 자발적인 것이 아니라 외부로부터 지시받은 것임을 눈치챘기 때문이었다. 그는 농장을 관리하듯 나를 관리하고 있었다. 그것이 그에게 주어진 일이기 때문이었다. 여기서 나가는 것만 말고 뭐든 요구하라고 말함으로써 그는 내 추측이 틀리지 않았음을 확인시켜주었다. 나는 나그네여인숙의 내 방에 있는 결핵약을 가져다줄 수 있는지 물었다. 그는 망설이지 않고 그렇게 하겠다고 했다. 나는 노트와 감기약을 같이 부탁했다. 감기약은 주인아주머니가 사놓았을지 모른다고 덧붙였다. 그는 알았다고 하고 방을 나갔다.

혼자 남겨진 나는 방 안을 살폈다. 낡은 3인용 가죽 소파와 고장이 나지 않았는지 의심스러운 텔레비전과 벽에 박힌, 아무것도 걸려 있지 않은 세 개의 못, 그리고 검은 천이 쳐진 창문. 실내는 임시 거처답게 단조로웠다. 나는 혹시 하는 마음으로 일어나 방문을 밀어보았다. 문은 단단히 잠겨 있었다. 창문도 마찬가지였다. 검은 천을 들추고 손에 힘을 주었지만 꿈쩍도 하지 않았다. 천장에 달린 형광등이 그런 나를 비웃는 것만 같았다. 나는 멋쩍은 생각이 들어 크고 흰 눈을 가진 감시병을 향해 히죽 웃어 보인 다음 소파에 앉았다. 차 안에서 꽤 많이 잠을 잤기 때문인지 몸이 찌뿌드드하긴 해도 졸리지는 않았다.

내 입에서 왜? 하는 물음이 나왔다. 나는 갇혀 있다. 그것은 나흘 후에 단체장 선거가 치러진다는 사실만큼 명백했다. 아마 나흘 동안은 여기 이렇게 가둬둘 것이다. 짐짓 모르는 일이나 나와 상관없는 일인 것처럼 치부하려 한 것은 기만일 뿐이다. 나는 나에게 닥친 어처구니없는 상황을 비교적 차분히 살펴볼 여유를 가졌다. '왜'라는 의문사로 시작하는 질문들이 내부에서 꾸물거렸다. 살핀다는 것은 그 질문들을 가치 있는 질문으로 수용한다는 것이고, 거기에 대해 대답을 시도해본다는 것이다. 아마 질문들은 마땅한 대답을 찾아내지 못할 것이다. 그렇다고 그런 수용과 시도가 부질없는 것은 아니라고 마음을 다스렸다. 나는 왜 여기 갇혀 있는가. 아버지를 부정하지 않으려고 했기 때문이다. 나는 왜 아버지를 부정하지 않으려고 했을까. 그것이 옳지 않기 때문이라거나 아버지가 원치 않기 때문이라고 말할 수 없다. 아버지는 부정하기를 원했을 뿐 아니라 강요하기까지 했다. 그에게서 받들고 우러르며 따를 어떤 고귀한 품성을 발견했기 때문이라고 할 수도 없다. 오히려 그 반대이다. 나는 그를 존경하지 않는다. 받들고 우러르며 따를 어떤 고귀한 품성이 있는지 모르지만 그런 것을 발견할 기회는 주어지지 않았다. 환멸이라면 몰라도 존경은 아니다. 어쩌면 그가 아니라 내 편에서 부정하고 나서는 것이 자연스럽지 않을까. 나는 모른다, 나는 저 사람을 모른다…… 하고 손을 내저어야 하는 게 아닌가? 그런데 왜? 그것은 다만 그가 아버지이기 때문이라고, 그가 이루고 획득한 개별적 존재로서의 어떤 가치 때문이 아니라 아버지라는 이름의 본질적 성격 때문에 이끌릴 뿐이라고 대답하는 것은 어쩐지 상투적이고 애매하지만, 그러나 그것 말고 어떤 대답을 하면 상투적이거나 애매하다는 인상에서 벗어날 수 있을지 나는 알지 못한다.

어디선가 읽은 나바호족의 쌍둥이 전사 이야기가, 그 생각을 지원하기 위해서인지 보충하기 위해서인지 그 순간에 문득 떠올랐다. 아버지를 찾아 길을 떠난 쌍둥이 전사는 무너져 내리는 바위산과 사람을 토막 내는 갈대숲과 선인장밭과 끓는 사막을 지나 마침내 아버지인 태양의 집에 다다랐다. 집을 지키는 문지기라고 할 수 있는 한 쌍의 곰과 뱀, 바람, 번개가 차례로 쌍둥이 전사를 위협했지만 그들은 준비된 주문을 외고 그곳을 통과해 들어갔다. 옥으로 지어진 태양의 집은 크고 넓었다. 눈부시고 화려했다. 그들이 그 많은 위협들을 헤치고 찾아올 만한 곳이었다. 이제 아버지를 만나 아들로 인정받으면 된다. 그들은 기대와 설렘으로 아버지를 기다렸다. 태양을 지고 들어온 남자는 노기 띤 음성으로 물었다. "오늘 여기 들어온 두 놈은 누구인가?" 쌍둥이를 먼저 맞았던 그 집의 여자가 아버지를 찾아온 당신의 아들들이라고 알려주었다. 아버지 태양은 맨발로 뛰어오거나 끌어안고 입을 맞추거나 잔치를 베풀라고 지시하지 않았다. 아버지를 만나기 위해 죽을 고비를 넘기며 찾아온 이들, 무너져 내리는 바위산과 사람을 토막 내는 갈대숲과 선인장밭과 끓는 사막을 통과해 온 이들은 아버지의 환영을 받지 못했다.

그는 두 청년을 집어 들더니 동쪽에 있는 흰 조개로 만든 뾰족한 창에다 던져버렸다. 다행히 그들에게는 창을 피할 수 있는 마법의 깃털이 있었다. 마법의 깃털이 그들을 창에 꽂히지 않고 바닥에 떨어지게 했다. 아버지 태양은 다시 그들을 잡아 남쪽의 옥으로 만든 창을 향해 던졌다. 이번에도 마법의 깃털이 그들을 구했다. 이어서 서쪽의 전복 껍데기와 북쪽의 검은 바위에 차례로 던져졌지만 마법의 깃털을 움켜쥐고 있었기 때문에 무사할 수 있었다. 그런데도 아버지 태양은 그치지 않았다. 뜨거운 한증막 속에 처넣었다가 거기서도 바람의 도움을 받아 살아나자 독이 든 담뱃대를 내밀었다. 아버지는 자기를 찾아온 아들들을 왜 그렇게 죽이려 했을까. 왜 그렇게 인정하지 않으려 했을까. 아들들은 의문을 가졌지만 묻지 못했다. 그 모든 시험을 통과한 쌍둥이에게 아버지 태양이 물었다. "나에게 바라는 것이 무엇이냐? 왜 나를 찾아왔느냐?" 아버지를 찾아 바위산과 갈대숲과 선인장밭과 끓는 사막, 그 죽음의 길을 헤쳐 온 아들에게 아버지가 묻는다. 왜 나를 찾아왔느냐? 창으로 찌르고 바위에 던지고 뜨거운 데 집어넣고 독으로 죽이려고 하는 아버지, 고작 바라는 것이 무엇이냐, 왜 나를 찾아왔느냐고 묻는 아버지를 만나기 위해 아들들은 바위산과 갈대숲과 선인장밭과 끓는 사막을 거쳐 왔다. 창으로 찌르고 바위에 던지고 뜨거운 데 집어넣고 독으로 죽이려고 하는데도 아들들은 왜 아버지로부터 돌아서지 않는가. 사랑 때문이라고 말하지 말자. 그처럼 모호하고 지시하는 것이 아무것도 없는, 내용이 텅 빈 단어가 어디 있는가. 이 세상의 아버지들이 아들들을 사랑한다는 말은 아무런 근거가 없는 것은 아니지만 항상 옳은 것은 아니다. 그것은 그들의 본성이 아니다. 아버지들은 사랑하거나 사랑하지 않거나 한다. 사랑은 아버지들의 권리이거나 의무이다. 사랑하는 아버지는 자기의 권리를 사용하고 있거나 의무를 다하고 있다. 사랑하지 않는 아버지는 자기의 권리를 사용하지 않고 있거나 의무를 다하지 않고 있다. 그러나 아들들에게는 사랑하거나 사랑하지 않을 권리나 의무가 없다. 사랑하는 아버지든, 사랑하지 않는 아버지든 다를 바 없다. 그는 그저 아버지일 뿐이다. 아들들은 그저 아버지일 뿐인 존재를 그저 찾을 뿐이다. 더러 사랑을 가지고 추구하고 더러 사랑 없이 추구한다. 사랑의 있고 없음과 상관없이 추구하는 자가 아들이다. 아버지가 왜 나를 찾아왔느냐고 묻는 것이 그 증거이다. 아버지는 왜 나를 사랑하느냐, 혹은 사랑하지 않느냐고 묻지 않는다. 그것은 '사랑하다'가 아들에게 속한 동사가 아님을 아버지가 알고 있다는 뜻이다. 사랑하는 자가 아니라 찾는 자, 찾도록 운명 지어진 자가 아들이다. 아들만이 바위산과 갈대숲과 선인장밭과 끓는 사막을 통과하며 찾는다…….

    김 중사는 관리인의 역할을 제대로 해냈다. 결핵약
과 감기약과 노트는 물론 밤이 되면 추울지 모른다며
담요와 이불도 가져다주었다. 읽을거리가 필요한지 묻
고는 일간신문을 넣어주었다. 때에 맞춰 식사를 날라
와서 같이 밥을 먹었다. 식사 후에는 커피도 끓여주었
다. 말투나 행동이 다 친절하고 공손했다. 실상 나를 감
시하는 것이 그에게 주어진 일이며, 그는 그저 책임을
다하고 있을 뿐이라는 걸 알면서도 불편한 몸으로 음
식을 가져오고 커피를 끓이는 등 잔시중을 들 때는 미
안한 마음이 생겼다. 그가 방에서 나가면 나는 약을 먹
고 잠을 잤다. 잠에서 깨면 신문을 뒤적이거나 머릿속

생각들을 뒤적거렸다. 자주 아무것도 하지 않고 멍하니 앉아서 보냈다. 무언가를 쓰고 싶어서 노트를 펼쳐놓았다가 아무것도 떠오르지 않아 몇 시간씩 가만히 앉아 있기도 하고 우리 안의 짐승처럼 방 안을 어슬렁거리기도 했다. 그러다가 소파에 쓰러져 잠들었다. 무엇을 쓰고 싶어 하는지 분명히 알지 못한 채 무엇인가를 쓰고 싶어 하는 의식이 너무나 종잡을 수 없고 막연해서 때때로 무안했다. 그런데도 글을 쓰고 싶다는 생각은 여전히 종잡을 길 없이 따라붙었다.

김 중사는 나 때문에 밤이 되어도 집에 가지 않고 옆방에서 잤다. 나는 스쿠터 소리로 그의 동선을 가늠했다. 저녁식사가 끝난 후 스쿠터 소리가 멀어졌다가 두 시간쯤 후에 돌아왔다. 나는 그가 나그네여인숙에 가서 늙은 장모를 챙기고 오는 모양이라고 추측했다. 밤에는, 그도 심심해서 그러겠지만, 내 방에 들어와 한참 동안 있다가 갔다. 어쩌면 그것이 그가 생각하는 효과적인 감시의 방법인지도 모를 일이긴 했다.

치매가 있는 장모를 밤에 혼자 두어도 괜찮으냐고 물은 것은 나 때문에 귀가하지 못하는 김 중사에게 얼마간 미안한 마음이 들어서였다. 안테나 때문인지 수상기 때문인지 화면이 잘 나오지 않는 텔레비전 채널을 여기저기 돌리고 있는 그의 모습이 추레해 보인 탓도 있었다. 그는 여인숙 아주머니가 잘 돌봐준다고 말하고 나서 문득 생각이 난 듯 언젠가 노인이 여기까지 찾아온 적이 있다고 말했다. 일이 늦게 끝나는 바람에 퇴근하지 않고 다른 인부들 속에 섞여 잠든 날 밤이었는데 갑자기 바깥이 소란해져서 깨어났다고 했다. "글쎄, 그 양반이 사장 가족이 자고 있는 안채 문을 두드리며 여기가 자기 집이라고 빨리 문 좀 열라고 소리소리 지르고 있지 뭔가. 노인이 뭘 목청이 그렇게 좋은지. 거기까지 어떻게 왔는지. 울타리는 또 어떻게 넘어왔는지…… 가서 보니까 몸이 만신창이야. 할퀴고 긁히고 찢어지고……. 그런데 나를 보더니 이 양반이 대뜸 끌어안으며 울고불고 난리야. 영감, 나 왔소, 나 돌아왔소, 나 받아주시오, 나 이제 다시는 아무 데도 안 나갈 거요……. 그런 일이 있었지." 그는 그런 일이 있었지, 하고 말을 맺었지만, 나는 어쩐지 그가 과거의 한 사건만을 이야기하는 게 아닌 것 같은 느낌을 받았다. 그가 노인을 떠맡게 된 사연을 알고 있어서인지 모르겠으나 자기를 버리고 떠난 여자가 다시 돌아올 거라는 기대를 과거 이야기 속에 은근히 담아서 표현하고 있는 게 아닌가 하는 생각이 들었다.

나는 그녀가 돌아올 거라고 믿느냐고 물었다. 물론 그가 무슨 대답을 할지 예상하고 던진 질문이었다. 그녀가 돌아올 거라고 믿지 않으면서도 노인을 맡아 돌보고 있다고 생각할 수는 없었다. 그것은 이해하기 어려울 뿐 아니라 불편한 일이기도 했다. 그녀가 돌아올 거라고 내가 믿고 있는가는 중요한 문제가 아니었다. 세상의 시각이나 확률의 문제도 물론 아니었다. 중요한 것은 그의 믿음과 기대였다. 여자의 노망난 어머니를 돌보고 있는 그는 그녀가 돌아올 거라는 믿음을, 다른 사람의 의견이나 세간의 확률과는 상관없이, 확고하게 견지하고 있어야 한다, 그것이 자연스럽다, 라고 나는 생각했다. 그러나 나의 기대와는 달리 그의 대답은 이해하기 어렵고 불편한 쪽이었다. "스스로 돌아올 거라고는 나도 믿지 않아. 그럴 거면 나가지도 않았을 테지." 그는 뒷머리를 벽에 바짝 붙이며 한숨을 쉬듯 말했다. 그러면 왜? 하는 질문이 목구멍까지 올라왔다. 켜놓은 텔레비전에서는 낯익은 연예인들이 나와 시답잖은 농담을 지껄이고 있었다. 화면이 잘 보이지 않았기 때문에 유난히 소리가 크게 들렸다. 그가 말하지 않는 동안은 텔레비전 소리가 더 크게 들렸다. 그러나 그것들은 다만 웅얼거릴 뿐 뜻으로 전환되지는 않았다. 그의 시선이 천장에 고정되어 있었다. 먼지가 잔뜩 끼어 흐릿한 형광등이 그의 눈을 쏘고 있었다. "나는 그녀가 남자로부터 버림받을 거라는 걸 알고 있어. 언제일지는 모르지만……." 잠시 후 그가 입을 열었다. "물론 다른 남자를 만날 수는 있겠지. 그럴 수 있어. 남자들은 많으니까. 그러나 어쨌든 버림받고 혼자되는 순간이 올 거야." 그때가 너무 늦을 수도 있지 않아요? 하고 나는 물었다. 아주 늦긴 하겠지만, 너무 늦지는 않을 거야, 하고 그가 말했다. 언제인지도 모르는 그 순간을 기다린단 말이냐는 물음이 곧바로 나왔다. 그는 여전히 천장에서 눈길을 돌리지 않은 채 그러면 안 되는가, 하고 반문했다. 쓸쓸하고 아득한 목소리였다. 그는 내가 아니라 자신에게 묻고 있었다. 그런데도 나는, 그러니

183

까 그 순간을 위해서, 그녀가 남자들로부터 버림받고 갈 곳이 없어지는, 언제인지 알 수 없는 그 마지막 순간을 위해서 노인을 데리고 있어야 한다는 뜻으로 받아들여도 되느냐고 묻지 않을 수 없었는데, 그때 나는 내가 좀 가학적으로 되어가고 있다는 생각을 했다. 그러나 이내 그가 자초한 것이므로 미안해할 필요는 없다고 다독이며 마음에 갑옷을 입혔다. 한편으로는 그가 부정해주기를 바랐을 것이다. 사실은 갑옷이 갑갑했으니까. 갑옷 같은 것 입지 않고 대화하기를 원했으니까. 하지만 그에게 타인의 감정을 고려해서 말을 골라야 할 의무가 있는 것은 아니었다. 그는 이번에도 그러면 안 되는가, 하고 반문했다. 여전히 쓸쓸하고 아득한 목소리였지만, 여전히 자신에게로 돌아오는 물음이었지만, 내 팔에서는 소름이 돋았다. 불현듯 나는 그가 무서워졌다.

17

그는 워낙 말수가 적은 사람이다. 그래도 나흘 낮 나흘 밤을 한 공간에서 지내는 동안 그는, 아마도 임무를 수행하느라고 그랬겠지만, 제법 말을 많이 했다. 그가 해준 이야기 가운데 가장 인상적인 것은 한 탈영병에 대한 것이었다. 며칠 전에 헌병들이 중심가를 막고 검문하던 장면을 떠올린 내가 무슨 일이 있었는지를 물었다. 김 중사는 총기 사고를 일으킨 한 사병이 탈영을 했다며 사건의 내막을 들려주었다. 탈영병은 이제 막 일병 계급장을 단 사병이었다. 얼굴은 희고 키가 작은 편이고 소심한 성격이었다. 용모 때문인지 성격 때문인지 자대에 배치가 되자마자 한 고참 사병으로부터 몹시 괴롭힘을 당했다는 것이 내무반원들의 진술이었다. 일병은 총기를 분해하고 결합하는 일에 유난히 서툴렀는데, 처음에 고참은 그것을 트집 잡아 모욕하고 기합을 주었다. 침상에 머리를 박게 하고 군장을 꾸렸다 풀었다를 반복하게 했다. 병장은 거의 항상 졸병과 조를 이루어 보초 근무를 나갔다. 보초를 서면서도 기합과 훈계를 계속했다. 잠도 자기 옆에서 자게 했다. 총기 분해 결합에 어느 정도 숙달된 다음에도 병장의 괴롭힘은 수그러들지 않았다.

사고는 새벽에 일어났다. 보초 근무 중에 일병이 병장의 가슴에 총을 쏘고 달아난 것이다. 모두들 고참의 괴롭힘을 견디다 못해 총을 쏘고 탈영한 사건이라고 이해했다. 대부분의 내무반원들이 그런 판단을 이끌어낼 만한 진술을 했다. 병장은 심하게 괴롭혔고, 일병은 심하게 괴롭힘을 당했다. 참다못한 일병이 사고를 쳤다. 그것이 사건의 개요였다. 그런 일은 빈번하지는 않아도 심심찮게 일어나는 편이고, 어떤 점에서 보면 부대 내에서 발생하는 사건의 전형이라고 할 수 있었다. 당사자에게는 불행한 일이지만 사건을 처리하는 데 있어서도 그 편이 파장을 최소화할 수 있는 무난한 예로 받아들여지는 형편이었다.

그런데 조사가 진행되는 과정에서 조금 다른 이야기가 나왔다. 김 중사가 잘 아는 부대 내의 하사관으로부터 들은 바에 의하면, 강 병장이 일병을 심하게 다스린 것은 사실이지만, 그러나 막무가내로 괴롭히기만 한 것은 아니었다. 두 사람의 관계에는 좀 특별한 데가 있었다. 이를테면 병장은 자기는 괴롭히면서 부대 내의 다른 고참이나 동기가 그를 괴롭히는 건 용납하지 않았다. 말하자면 그는 폭군이면서 동시에 보호자의 노릇을 맡아 했다. 그들은 기묘한 한 짝이었다. 일병은 강 병장에게는 몹시 시달림을 받은 것으로 알려졌지만, 한편으로는 그 외에 다른 누구의 간섭도 받지 않는 특권을 동시에 누린 셈이었다. 일병 역시 처음에는 몹시 힘들어한 것이 사실이지만, 어느 순간부터인가 나름대로 적응을 하는 것 같았다고 했다. 고참의 괴롭힘에 길들여졌거나 보호자로서의 폭군에게 의존하고자 하는 마음이 생겼을 것이다. 특권이라고까지 인식했는지 어땠는지는 확실하지 않아도 적어도 그 무렵에는 사고를

칠 것 같지는 않았다는 것이 대개의 의견이었다. 한 병
사는, 사고를 칠 거면 벌써 쳤어야죠, 하고 다소 퉁명스
럽게 말했다. 힘든 시기는 다 지났다는 뜻이었다. 다른
병사는, 그즈음에는 강 병장이 그 친구를 거의 괴롭히
지 않은 것 같았다고 진술했다. 괴롭히지 않은 것 같았
다니, 그건 무슨 뜻이냐고 조사관이 물었다. 병사는 말
그대로예요, 더 이상 괴롭히지 않았다고요, 하고 대답
했다. 판에 박은 사건으로 마무리 지으려는 찰나 의외
의 샛길이 뻗어 나가는 걸 예감하며 조사관은 왜 그랬
을까, 병장은 왜 더 이상 그 친구에게 관심을 두지 않았
을까? 하고 물었다. '괴롭히지 않았다'는 병사의 말을
'관심 두지 않았다'로 살짝 바꿔치기한 것은 어떤 예감
때문이었다. "그건……." 잠시 머뭇거리던 병사는 조
사관의 눈치를 살피고는, 강 병장이 어느 순간부터 그
가 아닌 다른 사람에게 관심을 갖게 되었기 때문이라
고 설명했다. 이번에는 병사도 괴롭힘 대신 관심이라
는 단어를 사용했다. 반사적으로 상대방의 말을 따라
한 것으로 보아 조사관의 의도를 눈치채지 못한 듯했
다. "다른 사람을 괴롭혔다는 뜻인가?" 조사관이 그렇

게 다시 물었을 때에야 알아차린 듯, 아 네, 물론 그것도 포함해서…… 하고 말꼬리를 흐렸다. 병장의 새로운 관심의 대상이 된 인물은 갓 전입해 온 이등병이었다. 몇 달 전 이등병 시절부터 일병이 당한 시달림을 이제 신입 이등병이 그대로 당했다. 마찬가지로 몇 달 전부터 일병이 받았던 이상한 특혜 역시 그 이등병이 그대로 받았다. 병장은 신병과 조를 이루어 보초를 섰고, 옆자리에서 잠을 자게 했다. 더 이상 일병에게는 눈길도 주지 않았다. 괴롭히지도 않고 보호하지도 않았다. 일병은 병장으로부터 벗어나서 자유로워졌지만 그와 동시에 눈에 띄게 말이 없어지고 침울해졌다. 사고가 날 무렵의 상황이 대강 그러했다.

이건 무슨 뜻인가. 괴롭혔기 때문이 아니라 괴롭히지 않았기 때문에 총을 쏘았단 말인가. 괴롭힘을 당하는 것은 견딜 수 있지만 관심을 거두어버린 것은 견딜 수 없었단 말인가. 일병은 이튿날 부대로부터 얼마 떨어지지 않은 산속에서 스스로 목숨을 끊었으므로 이 질문들에 대답할 수 없다. 그가 대답할 수 없으므로 단정할 수 없다. 어떤 단정이든 섣부른 것이 될 것이다.

우리는 다만 추측할 수 있을 뿐이다. 김 중사는 어땠는지 모르지만, 나는 그를 이해할 수 있을 것 같았다. 두 사람의 이야기는 나를 빨아들였다. 문제의 인물에게 감정이입까지 하며 이야기에 몰입했다. 폭군-보호자의 괴롭힘보다 그의 부재가 더 견디기 힘들었을 정황이 어렴풋이 이해되었다. 두렵고 불안한 '있음'보다 두렵지도 않고 불안하지도 않은 '없음'이 더 두렵고 더 불안했을 것이다.

병장은 어떤 처벌을 받게 되느냐는 내 질문에 김 중사는 손부터 내저었다. "처벌은 무슨……. 아무 일도 없어. 죽은 놈만 불쌍하지." 부대에서 일어난 사건·사고는, 사망자가 있을 때, 아주 예외적인 경우를 제외하고는, 모든 책임이 죽은 자에게 지워지고 마무리된다는 것이 그가 덧붙인 설명이었다. 죽은 자는 변명도 진술도 호소도 할 수 없기 때문이다. 그러니까 변명이든 진술이든 호소든 하기를 원하는 자는 일단 살아 있어야 한다. 죽이더라도 죽지는 말아야 한다. 그것이 김 중사가 아는 진실이었다.

그날 밤이었는지, 그다음 날 밤이었는지(낮과 밤의 구

분이 잘 되지 않았고, 구태여 낮과 밤을 구별할 이유가 없었고, 따라서 낮과 밤을 구별하려고 하지도 않았다. 김 중사가 간혹 시간을 알려주었지만 새겨듣지 않았다. 어차피 선거가 끝나는 시간까지는 시간을 헤아리는 것이 무의미하다는 인식에 나도 모르게 사로잡혀 있는 상태였다고 해야 할까) 소파에 쓰러져 잠든 나를 누군가 찾아왔다. 아니, 확실하게 단정해서 말하긴 어렵다. 어쩌면 꿈을 꾸었는지 모른다. 꿈이라고 하기에는 지나치게 선명하고 꿈이 아니라고 하기에는 어딘가 구체적이지 않았다. 누군가 온 것이 분명한데, 누가 왔는지 분명하지 않다. 누가 왔는지 분명하지 않기 때문에 누군가 왔다는 사실을 의심하다가 거꾸로 누군가 온 것이 워낙 분명하기 때문에 누군가 왔다는 사실을 의심할 수 없다는 결론으로 미끄러지게 된다. 나는 가만히 있었다. 그도 가만히 있었다. 목덜미에 숨결이 느껴지는 걸로 보아 내 머리맡에 앉은 것 같았다. 아마 무릎을 꿇었을 것이다. 허공에 들려 있는 그의 한쪽 손이 느껴졌다. 그 손이 내 머리를 만지려고 한다는 걸 위를 향해 쭈뼛쭈뼛 일어선 머리카락들이 알려주었다. 나는 긴장한 채 기다리고 있었다. 나는 무엇을 기다린 것일까. 허공에 들린 그 손이 내 머리카락들을 만지기 위해 내려오기를 바라는지 바라지 않는지 알지 못한 채 나는 다만 기다렸다. 손은 허공에 오래 머물러 있었다. 그 손 역시 내 머리카락에 내려앉아야 할지 말아야 할지 몰라 허공에 붙박여 있는 것처럼 여겨졌다. 허공에 무엇인가가 붙박일 수도 있는 법이다. 목덜미에 닿는 차가운 기운이 그가 무슨 말인가를 하려고 한다는 생각을 하게 했다. 그러나 그것 역시 착각에 지나지 않은 것일 수 있다. 혹시 무슨 말인가 해주기를 기대한 것은 나였을까. 그가 무슨 말인가 해주기를 숨죽이며 기다리고 있었던 것 같기도 하고, 그의 입에서 나올 말에 상처를 입을까 봐 조마조마하고 있었던 것 같기도 하다. 왜 나를 찾아왔니? 하는 목소리를 들었는지 듣지 않았는지 정말 기억나지 않는다. 실제로 들었던 것 같기도 하고 듣지 않았으면서 들었다고 생각하는 것 같기도 하다. 다음 순간에는 그가 허공에 붙박인 손을 내려 내 목을 조를지 모른다는 우려가 생겨났다. 그가 내 방에 들어온 것이 머리에 손을 올리고 축복하기 위해서가 아니라 목을 조르기 위해서라는 생각이 들었다. 사실 원하기만 한다면 그는 내 목을 너무나 쉽게 조를 수 있는 자리에 있었다. 나는 무방비 상태로 목을 내주고 있는 것이나 마찬가지였다. 그가 내 목을 조르려 한 게 사실이라면, 내가 그 사실을 눈치채고 있다는 점을 간파당하는 것은 보통 위험한 일이 아니었다. 내가 눈치챘다는 걸 눈치채면 그는 어쩔 수 없이 내 목을 졸라야 할 것이다. 그에게는 선택의 여지가 없게 될 것이다. 나는 더욱더 숨을 죽여야 했다. 더욱더 숨을 죽이고 아무것도 모른 척해야 했다. 아무것도 모르고 잠든 척해야 했다. 목을 졸랐으면 하는 바람이 아주 없지는 않았던 것도 같다. 내 목을 감아오는 그의 차갑거나 뜨거운 손길의 감촉을 느끼고 싶었다고는 말하고 싶지 않다. 그에 대한 철저한 환멸과 완전한 절망의 구실이 여태 필요했던 게 아닐까. 긍정하기 위해서는 전혀 필요하지 않거나 조금밖에 필요하지 않은 정당화의 논리가 부정하기 위해서는 절대적으로 필요한 법이다. 그래야 안전하니까. 나는 줄곧 눈을 뜨면 안 된다는 의식과 눈을 떠서 내 앞에 앉은 사람의 얼굴을 똑바로 확인하고 싶은 본능적인 욕구와 싸웠다. 사실 몇 번이나 눈을 뜰

뻔했다. 그러나 그보다 강렬한 어떤 힘이 몇 번이나 눈을 뜨지 못하게 막았다. 나를 내려다보고 있을 그의 얼굴을 확인하는 것이 두려워서 그랬는지 아니면 그의 얼굴을 확인하지 못하게 될 것이 두려워서 그랬는지 말하기 어렵다. 어쩌면 아주 가까운 곳에서 느낀 숨결이나 쭈뼛 솟은 머리카락이 그저 내 머릿속 공장에서 만들어낸 싸구려 망상에 지나지 않을지 모른다는 생각을 했던 것 같기도 하다. 한편으로는 그 모든 것은 망상일 뿐이고, 실제로는 방 안에 나 말고 아무도 없는 편이 오히려 낫다는 쪽으로 생각이 몰려가기도 했다. 이도 저도 아니고 그저 꿈을 꾸고 있는 것에 불과한 것이 아닌가 하는 의문은 나중에 들었다. 그러자 다시금, 내가 눈을 뜨지 못하는 것이 꿈에서 깨고 싶지 않기 때문인지 정말로 꿈일까 봐 걱정스럽기 때문인지 알 수 없어졌다. 나는 누군가 내 방에 들어와 있기를 바라는지 바라지 않는지 알지 못한 것처럼 꿈이기를 바라는지 꿈이 아니기를 바라는지도 알 수 없는 상태에 빠져버렸다. 김 중사가 문을 열고 들어올 때까지 나는 이러지도 저러지도 못하고 있었다.

18

"괜찮니?" 어머니는 다만 그렇게 물었다. 평소답지 않은 모습이었다. 괜찮다고 대답하려 했는데 목소리가 나오지 않았다. 무엇인가가 울컥하고 치밀어 올랐다. 아무렇지도 않았는데, 아무렇지도 않다고 생각했는데, 어머니의 목소리를 듣자 갑자기 마음이 약해지면서 엄살이 나오려고 했다.

김 중사는 문을 열고 전화기를 내밀었다. 이 방으로 들어올 때 빼앗아 갔던 내 핸드폰이었다. 나는 의아한 눈빛으로 그를 바라보았다. 감금에서 풀려난다는 뜻으로 알고 반길 만한 상황인데도 그런 반응이 일어나지 않은 것이 이상하다면 이상한 노릇이었다. 만일 그만

나가라고 했다면 혹시 섭섭해했을지도 모른다는 생각이 다 들 정도였다. 핸드폰은 내 것이지만 돌려받으리라는 기대를, 적어도 그 순간에는 하지 않고 있었다. 돌려줄 거라면 애초에 빼앗아 가지도 않았을 것이다. 웬선심이지, 보다 저게 무슨 물건이지, 쪽이 그때의 솔직한 내 반응이었다. 전화기가 없어도 전혀 불편하지 않았다. 곁에 있을 때도 거의 사용하지 않았기 때문이었다. 빼앗은 쪽 입장에서 보면 공연히 헛고생을 한 것이나 마찬가지이니 돌려주어도 무방하다는 판단을 했음 직하다고 나는 대수롭지 않게 생각했다. 물론 그것은 그야말로 대수롭지 않은 생각이었고, 무엇보다 오해였다. 김 중사는 군말 없이 곧 전화가 걸려 올 거라고 말했다. 나는 누구에게서 전화가 걸려 온다는 말이냐고 묻지 않았다. 왜냐하면 그 사람이 누구일지가 너무나 쉽게 예측되었으니까. 드디어 '왜 나를 찾아왔느냐'는 목소리를 직접 듣게 되는구나 싶었다. 나는 핸드폰 돌려받기를 거절함으로써 통화할 의사가 없다는 의사를 표현하는 것은 어떨까, 짧은 시간 고민했다. 물론 이번에도 오해였다. 그가 전화기를 건네자마자 벨이 울렸는데, 액정 화면에 뜬 발신자는 그가 아니라 어머니였다. 나는 무안하고 당황해서 전화기의 액정 화면과 그의 얼굴을 번갈아 바라보았다. 그는 받으라고 손짓하고는 자리를 비켜주었다. 나는 통화 버튼을 누르고 전화기를 귀에 가져갔다. 터널 속에 들어가 있는 것 같은 어둠이 귓속에 가득 들어찼다.

괜찮니? 하는 목소리가 한참 만에 나왔다. 나는 괜찮다고 말하려 했지만, 말을 하다 보면 울먹이게 될까 봐 입을 막았다. 전화기 너머에서 어머니 역시 무언가를 억누르고 있다는 느낌을 받았다. 실같이 가느다란 한숨 소리를 들은 것 같기도 했다. "괜찮지? 괜찮아." 어머니는 힘들게 두 번째 말을 했다. 첫 괜찮지, 는 질문이었지만, 두 번째 괜찮아, 는 질문이 아니었다. 나는 자신이 만든 질문에 스스로 답함으로써 어머니가 자신을 다독이고 있다는 사실을 알아차렸다. 그러므로 반드시 대답해야 할 필요는 없지만, 그렇기 때문에 대답할 수 있을 것 같다는 생각이 들었다. 나는 되도록 쾌활하게 괜찮아요, 하고 발음했다. 내 말은 내 귀에 전혀 쾌활하게 들리지 않았고, 대답이 아니라 질문처럼

197

들렸다. 아버지에 대해 물어야 했을까. 이를테면 아버지가 어떻게 아버지인지, 아버지이면서 어떻게 아버지가 아닌지. 어쩌면. 그러나 나는 묻지 않았다. 어머니가 아버지에 대해 할 말이 아무것도 없을 거라는 생각이 들었기 때문이다. 얼마 전까지만 해도 막연히 말을 하고 싶지 않을 거라고 생각했었다. 그러나 문득 그것이 아니라, 말을 하고 싶지 않은 것이 아니라, 아예 할 말이 아무것도 없는 거라는 깨달음이 왔다. 말을 하고 싶지 않은 것은 할 말이 많기 때문이다. 할 말이 많은 사람만이 말하고 싶지 않을 수 있다. 할 말이 없는 사람은 단지 할 말이 없을 뿐 말을 하고 싶지 않아 할 수는 없다. 어머니는 이 땅에서 생존하기 위해 필사적으로 기억으로부터 달아났다. 앞을 향해 달려야 했으므로 뒤를 돌아보지 않았다. 기억에 사로잡히는 것은 실은 미래를 저당 잡히는 것과 다르지 않다는 사실을 그녀는 지나치게 잘 알았다. 어머니는 빠르게 시간을 관통했고, 그 결과 아버지는 아무 상관 없는 존재가 되어버렸다. 심지어 어머니는 그가 누구인지조차 알지 못한 거라고 단정하기에 이르렀다. "괜찮으니까 됐다. 이제 돌아와라." 어머니는 그 말을 하고 P를 바꿔주었다. P는 빠른 목소리로 이곳 사정을 웬만큼 알고 있다는 표시를 했다. 날이 밝는 대로 차를 가지고 데리러 오겠다는 말도 했다. 어머니가 동행할 것 같지는 않고 아마 외삼촌과 같이 갈 거라고 했다. 나는 내일이 며칠이냐고 물었다. 그녀가 26일이라고 알려줬다. "자기 생일인 거 알지? 우리, 근사하게 생일 파티 하자. 이제 서른이잖아. 서른……." 생일이라는 걸 의식하지 못했지만 알게 되었다고 해서 달라지는 것은 아무것도 없다고 나는 생각했다.

통화를 마치자 문밖에서 줄곧 엿듣고 있었는지 김 중사가 들어와 핸드폰을 도로 달라고 했다. 나는 그의 손바닥 위에 내 핸드폰을 올려주었다. 그는 멋쩍게 웃으며, 필요하면 언제든 다시 말하라고 했다. 그럴 거면 무엇 때문에 도로 빼앗아 가는지 모르겠다는 불만이 생겼지만 나는 아마 필요하지 않을 거라는 말만 했다.

날이 밝으면 나는 서른 살이 되고, 이곳에서는 선거가 치러질 것이다. 그는 선거에서 이기거나 질 것이다. 이기기를 바라지 않은 것처럼 지기를 바라지도 않았다. 그건 나와 상관없는 선거였다. 어머니와도 상관없고 P와도 상관없었다. 그건 그의 세계였고, 그 세계는 모든 수단이 욕망을 위해 동원되는 세계였다. 싸우고 경쟁하고 부정하고 쳐내고 잘라내는 세계. 내가 기대한 것은 긍정하고 끌어안고 붙드는 아버지였다. 집을 나갔다가 재산을 탕진하고 영혼이 피폐해져서 돌아오는 아들을 환영하기 위해 맨발로 달려 나오고 새 옷을 준비해두었다가 입히고 잔치를 벌이는 아버지. 그것은 환상이었다. 내가 본 것은 달려 나오고 옷을 입히고 잔치를 벌이는 아버지가 아니라 부정하고 쳐내고 잘라내는 남자였다. 집을 나간 탕자가 아닌데도 그랬다. 나 역시 부정하고 쳐내고 잘라내야 했다. 그럴 수 있을 것 같다기보다 그래야 할 것 같았다. 나는 두통을 앓는 코끼리처럼 잠들지 못하고 좁은 방 안을 왔다 갔다 했다. 어느 순간 문득 그동안 애를 써도 써지지 않던 글이 써졌다. 나는 바닥에 몸을 웅크리고 게걸스럽게 글을 썼다. 언제나 그렇듯 나는 내가 쓴 글 속의 주인공이다. 글을 쓰는 동안 내 몸은 열이 올라 뜨거워졌다가 얼음처럼 차가워지기를 반복했다.

새벽에 나는 방문을 열고 나간다. 늘 잠겨 있던 문이 저항하지 않고 열린다. 늘 잠겨 있으리라고 지레짐작했을 뿐 실제로는 잠긴 적이 없었을지 모른다는 생각을 한다. 아니면 김 중사가 은밀하게 어떤 기회를 준 것일까. 문을 열고 나가 눈앞에 펼쳐진 세상을 본다. 세상은 어둡고 깊다. 숲이 잠들어 있다. 숲속의 나무들도 깨어나지 않았고 풀들도 깨어나지 않았는데 문득 저만큼 떨어진 언덕배기에 환한 빛이 비친다. 빛은 언덕 아래에서 위로 솟는다. 깊은 어둠 속에서 그 빛은 길잡이처럼 보인다. 오래전 이야기에 의하면 낮에는 구름이 이끌고 밤에는 불이 이끈다. 나는 직감적으로 그 빛이 어디에서 비롯한 것인지 안다. 그것은 아버지의 집이다. 나는 흔들린다. 빛은 나에게 그쪽으로 오라고 신호를 보낸다. 그러나 나는 어두워지기 전에 이곳을 벗어나야 한다. 이곳을 벗어나 다른 곳으로 가야 한다. 그렇지만 빛의 유혹은 거부할 수 없이 강하다. 나는 그것이 유혹이라는 걸 알며 동시에 그것을 유혹이라고 인식하는 의식이 비겁하다는 것도 안다. 어떤 행동, 어떤 사태, 어떤 파국을 피하고 싶은 마음이 그것을 유혹이라고 유혹하고, 유혹에 빠지지 말라고 현혹한다는 걸 안다. 그러나 그것이 어떤 결론이든, 파국이든 뭐든 더 미루어서 될 일이 아니라는 내부의 주장은 의외로 완강하다. 벗어나려면 빛으로부터 등을 돌리고 어둠 속으로 걸어가야 하고, 맞서려면 어둠을 털어내며 빛이 이끄는 방향으로 걸어가야 한다. 나는 무엇을 할 수 있을까. 나는 무엇을 해야 할까. 일단 한 걸음을 내디뎌본다. 정신이 우왕좌왕할 때는 몸이 재판관 노릇을 한다. 몸은 그 안에 수많은 판례들을 내장하고 있다. 그러니까 몸이 움직이는 대로 따라가보자고 중재한다. 그러나 내 몸의 움직임은 어눌하다. 너무 많은, 상처하는 판례들이 뒤엉켜 쉽게 판결을 내리지 못하고 걸음을 떼지 못한다. 어느 쪽을 편들든 흡족하지 않을 것이다. 어느 쪽을 피하든 개운하지 않을 것이다. 피상적으로는 어느 쪽 편도 들지 않은 것 같은 이 생각, 이 배심원의 의견이 마치 우연인 것처럼 눈에 보이지 않을 정도로 미미한 가중치를 한쪽에 주는 순간 결정적인 판단이 내려진다. 아주 사소한 요인이 결정적인 결과를 이끌어낸다. 내 발은 빛을 향해 서서히 걸음을 내딛는다.

집은 빛에 둘러싸여 있다. 집이 빛에 둘러싸여 있는 것은 건물 외곽에 환한 전등이 켜져 있기 때문이다. 숲 속의 나무와 풀들이 아직 깨어나지 않은 것으로 보아 전등이 밤이면 언제나 켜져 있는 것이라고 나는 추측 한다. 그러니까 건물 외곽에 켜져 있는 환한 빛은 아무 것도 깨우지 못한다. 건물은 어둠 속에 홀로 불을 밝히 고 서 있는 성과 같다. 밤이면 늘 불을 밝히고 있는 성 은, 그 불빛으로 주변을 일깨우는 대신, 새삼스럽게 어 둠을, 아직 어둠이며, 더 오래, 어쩌면 영원히 세상이 어둠에 잠겨 있을 것임을, 더욱, 새롭게 부각시킨다. 나 는 아버지의 방문을 열고 들어간다. 방 안은 어둡다. 건 물 외벽을 환하게 밝히는 불빛은 그의 방 안으로는 한 방울도 떨어지지 않는다. 그럼에도 나는 거기 누워 있 는 사람이 그라는 걸 안다. 그는 잠들어 있다. 나는 그 가 잠들어 있다는 걸 안다. 나는 그의 침대 가까이 다가 가 속삭인다. 저예요. 어둠이 내 목소리를 삼킨다. 나는 허리를 굽히고 조금 크게 말한다. 저예요. 어둠이 내 목 소리를 삼키도록 내버려둔다. 이제 나는 그의 머리맡 에 무릎을 꿇고 앉아 귀에 대고 말한다. 저예요. 어둠이 내 목소리를 삼켰다가 내뱉는다. 왜 나를 찾아왔느냐?
어둠은 그 말을 삼키지 못한다. 어둠이 삼키지 못한 그
말이 허공에 떠다니기 때문에 방 안이 소란스럽다. 나
는 내 말이 어둠에 먹히지 않도록 소리 지른다. 그 말밖
에 못 하나요? 그 말 말고는 하지 못하나요? 내 말은 이
번에도 어둠에 삼키었다가 토해내진다. 나에게 무엇인
가를 기대하지 마라. 어둠은 그의 말을 삼키지 못한다.
어둠이 삼키지 못한 그 말이 허공에 떠다니기 때문에
방 안은 한층 더 소란스럽다. 나는 내 말이 어둠에 먹히
지 않도록 소리 지른다. 그 말밖에 할 말이 없나요? 그
말밖에……. 내 말은 이번에도 어둠에 삼키었다가 토
해내진다. 그렇게 말하지 마라. 네가 원하는 것을 해라.
그러나 네가 하는 것을 다른 이에게, 그게 누구든, 요구
하지는 마라. 어둠은 그의 말을 삼키지 못한다.

　말테는 성경에 나오는 탕자 이야기를 사랑받는 것을
거부한 사람의 이야기로 읽는다. 그는 사랑받는다는
것이 얼마나 끔찍한 것인지를 아는 사람이다. 그런 사
람이 얼마나 될까. 아마 거의 없을 것이다. 그렇기 때문
에 그는 예외적인 인물, 탕자가 된다. 그는 사랑받는 끔

찍한 처지로 누군가를 내몰지 않아야 하기 때문에 아무도 사랑하지 않겠다고 결심한다. 그것이, 사랑하지 않으며 산다는 것이 가능할까. 이 예외적인 인물에게도 그것은 가능하지 않다. 그는 고독 가운데서 어쩔 수 없이 여인들을 사랑했다. 그의 사랑은 자기감정의 빛으로 상대방을 태우는 것이 아니라, 그렇게 끔찍한 것이 아니라, 그 빛으로 상대방을 환하게 비추어 애인을 투명하게 빛나게 하는 것이었다. 자기 역시 그렇게 청순한 정신의 빛으로 투명하게 되기를 갈망했다. 그러나 여인들은 그가 사랑한 것과 같은 사랑으로 사랑하지 않는다. 그래서 그는 사랑만 할 뿐 사랑을 받지는 않으려 한다. 그러나 그가 사랑을 하면 여인들은, 반드시 그래야 하는 것처럼 사랑을 되돌려주려 했으므로, 그는 마침내 누군가 자기의 사랑을 받아줄지 모른다는 공포를 느끼게 되고, 사랑을 피해, 즉 사람을 피해 세상을 떠돈다. 세상의 수많은 사랑이 그를 만족시켜주지 못했다는 친절한 주석을 말테는 아마 깜박했던 것 같다. 말테는, 그러니까 릴케는 그가 양을 치는 목자가 되어 세상 이곳저곳을 떠돌아다녔으리라고 추측한다. 그런 어느 순간, 그에게 비로소, 사랑을 받는 자가 되고자 하는 열망이 생긴다. 투명하고 환한 빛으로 자신을 감싸는 사랑을 해줄 이가 누구인지 마침내 알게 된 것이다. 이제 그는 오직 그 사랑만을 갈망한다. 그러나 그는 드디어 참으로 간절하게 신의 빛나는 사랑을 받고자 원하면서 그에게 이르는 길이 아득히 멀다는 것도 함께 깨닫는다. 신을 향해 자신의 몸을 무한한 공중에 내던지는 것과 같은 느낌. 떠나왔던 집으로 다시 돌아온 그를 견딜 수 없게 한 것은 그 집에 여전한, 아직 옛날 그대로 있는, 그를 떠나게 만들었던, 그 상투적이고 습관적이고 허위에 찬, 사랑받는 일의 두려움을 일깨우는 수많은 끔찍한 사랑이다. 그는 제발 자기를 사랑하지 말아달라고 간청한다. 그들은 그를 사랑하려고 애쓰지만 그러나 그는 그들의 사랑이 이를 수 없는 위치에 있다. 그에게는 수많은 사람들의 무수한 사랑이 무의미하고 오직 하나의 사랑만이 필요하다. 그를 사랑할 수 있고, 그가 사랑받기를 원하는 이는 오직 한 분이다. 그런데 그 한 분은 아직 그를 사랑할 준비가 되어 있지 않은 것 같다. 말테는 다음과 같은 문장들로 자신의 수기를 마무리한다. "그가 어떤 사람인지 그들은 전혀 몰랐다. 그를 사랑한다는 것이 이제는 지극히 어려운 일이었다. 그는 오직 한 분만이 자기를 사랑할 수 있다고 느끼고 있었다. 그러나 그 한 분은 좀처럼 그를 사랑할 듯싶지 않았다."

나는 말테를 이해할 수 있다고 생각한다. 말테의 탕자를 이해할 수 있다고 생각한다. 자신의 몸을 무한한 공중에 내던지는 것과 같은 느낌. 무한한 공중의 무한한 침묵에 휩싸인 가난한 몸. 그를 둘러싼 모든 풍요를 도리어 끔찍한 것으로 바꿔버리는 단 하나의 결핍. 나는, 말테가 수기를 끝낸 지점에서 같이 멈춰 서라는 주문을 받는다. 수기는 끝났다. 더 나가지 마라. 거기서 멈추라. 모든 책들은 그것을 강요한다. 결말을 읽은 후에도 멈추지 않는다면 위험이나 공허를 경험하게 될 것이다. 위험이든 공허든 책의 저자가 원하는 것은 아니다. 독자 역시 다르지 않다. 대개의 독자는 고분고분하다기보다 겁이 많아서 위험한 일도 공허한 일도 경험하려 하지 않는다. 이 겁 많은 독자는 속으로 생각한다. 쓰여지지 않은 일은 일어나지 않은 일이다. 일어나

지 않은 일을 일으킬 권리는 누구에게도 없다. 이 생각
은 자신이 겁쟁이임을 감추려는 교묘한 논리에 지나지
않는다. 나는 내 머릿속에 든 생각을 손에 옮겨 쥔다.
나는 내 손에 들려 있는 반짝이는 것을 인식한다. 아버
지도 내 손에 들려 있는 뾰족한 것을 인식한 것 같다.
그는 몸을 일으키려고 움직인다. 내 손에 들린 것이 그
의 가슴 속으로 들어간다. 그의 몸이 꿈틀거린다. 나는
내가 원한 것이 혹시 그의 가슴 속에 있을지 모른다고
생각한다. 어둠이 사방으로 흩어진다.

19

　나는 바닥에 쓰러져 있었다. 김 중사는 내 흰 티셔츠
와 장판에 얼룩을 만든 붉은 피를 보고 당황했을 것이
다. "이것 봐, 젊은이, 정신 차려, 정신 차리라고……."
내 몸을 흔드는 그의 손길이 느껴지고 목소리가 들렸
다. 그러나 그의 손길은 어렴풋하고 목소리는 아득했
다. 언제 쓰러졌는지 언제 피를 토했는지 기억나지 않
았다. 꽤 긴 시간 의식을 잃고 쓰러져 있었던 것 같긴
했다. 나는 무엇인가를 쓰고 있었다. 노트 가득 무엇인
가를 정신없이 써 내려갔다. 머릿속은 뜨겁고 가물가
물한데 뭉친 것이 터져 나오듯 뜻밖에 글들이 한꺼번
에 쏟아져 나왔다. 그것 말고는 기억나는 것이 없었다.

기분은 나쁘지 않았다. 다만 기력이 없을 뿐이었다. 내 속에 오랫동안 담아두고 있던, 무언지도 모르는 잡동사니들을 한꺼번에 비워낸 것처럼 개운했다. 내가 토해낸 것이 피가 아니라 묵은 찌꺼기인 것만 같았다. 나는 터널을 막 벗어난 것 같은 기분을 느꼈다. 실제로 나는 김 중사가 흔들어 깨우기 전에 기분 좋은 꿈을 꾸고 있었다.

옷을 입지 않은 채 숲을 걸어가는 한 남자를 보았다. 키 큰 나무 가지 사이로 비치는 붉은 석양빛을 받으며 남자는 휘적휘적 걸었다. 그는 아무것도 걸치지 않은 완전한 알몸이었다. 수염이 귀밑부터 턱까지 이어져 전체적으로 얼굴이 둥그스름하다는 인상을 주는 남자였다. 가슴과 다리에도 털이 많았다. 키는 그다지 크지 않았지만 몸은 군살이 전혀 없는 근육질이었다. 나이를 헤아리기가 쉽지 않았다. 청년 같아 보이는가 하면 노인 같아 보이기도 했다. 어딘가 낯이 익었다. 남자는 나를 보자 손을 들어 알은체를 하고 환하게 웃었다. 소리는 나지 않았지만 빛처럼 환했다. 모든 것을 받아들이고 모든 것을 끌어안는 너그럽고 큰 웃음이었다. 세상이 그 웃음 속으로 빨려 들어가는 것만 같았다. 나는 형언할 수 없는 기분에 빠져들었다. 알몸 남자의 웃음이었는지, 숲속의 그윽한 기운이었는지, 키 큰 나무 가지 사이로 비치는 투명한 햇빛이었는지 모르겠다. 무엇인가가 나를 들뜨게 했다. 나는 그를 따라 옷을 벗었다. 그래야 할 것 같았다기보다 그러고 싶었다. 옷을 벗는데도 부끄럽거나 쑥스럽지 않았다. 숲을 떠도는 신비로운 공기가 내 피부에 서늘하고 상쾌한 기운을 퍼뜨렸다. 키 큰 나무 사이로 쏟아지는 눈부신 햇빛이 내 정신과 영혼을 말갛게 정화시키는 듯했다. 나는 아무것도 걸치지 않은 채 그 남자처럼, 그 남자를 따라, 빛처럼 환하게 웃으며 걸었다. 한없이 투명해진 몸이 무한한 공중에 내던져진 것 같은 기분이 들었다.

나는 김 중사를 따라 들어온 P에게 천내로 데려다 달라고 했다. P는 날이 밝을 때까지 기다릴 수 없어 새벽에 차를 몰고 왔다고 했다. 외삼촌이 자세하게 길을 안내해주어서 찾아오는 데 어려움은 없었노라고 했다. P는 일단 병원부터 가보자고 했다. 김 중사도 그러는 편이 좋을 거라고 충고했다. 나는 고개를 저었다. 그녀는 무얼 좀 먹고 싶지 않느냐고 물었다. 김 중사도 그러는 편이 좋을 거라고 거들었다. 어쩔 줄 몰라 하는 그에게 미안해할 필요 없다고 말해주고 싶은 걸 참으며 이번에도 나는 역시 고개를 저었다. 그녀는 생일 케이크를 만들어 왔다고 했다. 나는 천내로 데려다 달라는 말만 했다. 내가 꿈속에서 보았던 숲이 천내의 숲이라는 걸 나는 꿈을 꾸는 동안에도 알고 있었다. 나는 그 숲속에 들어가 있고 싶었다. 할 수만 있다면 가장 깊은 곳, 하늘을 받치고 선 키 큰 나무들과 투명한 햇빛이 큰 품이 되어 껴안는, 가장 오래된 시간의 정적 속에 들어가 있고 싶었다. 그곳에서라면 아무것도 갈망하지 않고, 무엇에도 쫓기는 일 없이 그저 존재할 수 있을 것 같았다. 한 그루 나무처럼 햇빛에 휩싸인 채 다만 존재하는 것이 가능할 것 같았다. 그곳에서라면 '말하고 싶지 않은 것이 아니라, 할 말이 없는' 상태에 도달하는 것도 그리 어려운 일은 아닐 것 같았다.

떠나는 차를 향해 김 중사는 어색하게 웃었다. 그의 팔이 허공에서 쓸쓸하게 흔들렸다. P는 목적지와 궤도를 가진 사람처럼 쏜살같이 차를 몰아 민간인 통제구역에서 가장 가까운 인구 3만의 변방 도시를 벗어났다. 당신은 사랑받기 위해 태어난 사람……. P가 운전을 하며 생일 축하 노래를 불렀다. 막 떠오른 신생의 태양이 연한 빛을 지상에 퍼뜨리기 시작했다.

작가의 말

    이 길지 않은 소설을 계간 『자음과모음』에 1년간 연
재했다. 할 수만 있으면 한 5년쯤 연재하고 싶었다. 더
길게 쓰고 싶었다는 뜻이 아니라 더 천천히 조금씩 쓰
고 싶었다는 뜻이다. 의식 속에서 벌어지는 일에 아주
예민해지자고 작정했었다. 하루에 한 줄씩 쓰는 건 어
떨까, 하는 생각도 했었다. 그렇지만 소설 아닌 다른 것
을 쓸 마음은 없었고, 또 다른 것을 쓸 능력이 있는 것
도 아니었다. 소설은 자꾸만 이야기의 의상을 요구했
고, 소설가일 수밖에 없는, 소설가일 뿐인 나는 못 이긴
척 그 요구에 응했다. 그러다 보니 하루에 한 줄씩 쓴다
는 게 불가능했고, 의식에 대해 한없이 예민해지기도

어려웠다. 그래서 이런 소설이 되었다. 언제나 그렇듯 뿌듯하고 아쉽다. 그렇지만 모퉁이를 돌면 부딪칠 것 같은 알 수 없는 존재, 부딪치기를 바라는지 바라지 않는지도 분명하지 않은, 초월이며 내재인, 미지의 큰 시선과 웬만큼 친해진 것 같긴 하다. 다행이다.

2009년 가을

이승우

한낮의 시선

ⓒ 이승우, 2009

초 판 1쇄 발행일 2009년 11월 24일
개정판 1쇄 발행일 2021년 7월 5일

지은이 · 이승우

펴낸이 · 정은영
편집 · 김정은 정사라
마케팅 · 최금순 오세미 박지혜 김하은 김도현
제작 · 홍동근
펴낸곳 · (주)자음과모음
출판등록 · 2001년 11월 28일
　　　　　제2001 - 000259호
주소 · 서울시 마포구 양화로6길 49
전화 · 편집부 02) 324-2347
　　　　경영지원부 02) 325-6047
팩스 · 편집부 02) 324-2348
　　　　경영지원부 02) 2648-1311
이메일 · munhak@jamobook.com

잘못된 책은 교환해드립니다.
저자와의 협의하에 인지는 붙이지 않습니다.

ISBN 978-89-544-4731-7 (03810)